De vijfde
winnaar

★In POEMA POCKET verschenen

MARY HIGGINS CLARK

&

CAROL HIGGINS CLARK

De vijfde winnaar

SIJTHOFF

© 2009 Nederlandse vertaling
Uitgeverij Luitingh ~ Sijthoff B.V., Amsterdam
Alle rechten voorbehouden
Oorspronkelijke titel: *Dashing Through the Snow*
Vertaling: Els van Son
Omslagontwerp: Studio Jan de Boer
Omslagfotografie: Connie Coleman/Getty Images

ISBN 978 90 218 0308 1
NUR 332

www.uitgeverijsijthoff.nl
www.boekenwereld.com
www.watleesjij.nu

VOOR LISL CADE
Gewaardeerde vriendin en
toegewijde publiciteitsagent
Met liefs

Hoofdstuk 1

Donderdag, 11 december

In het hart van New Hampshire, in het pittoreske dorpje Branscombe, was iedereen druk bezig met het ophangen van de feestverlichting voor het Vreugdefestival. Dit zou de eerste keer worden dat het festival plaatsvond, maar veel inwoners van het dorpje hoopten dat het een jaarlijkse traditie zou worden. Het was de tweede week van december en het dorp barstte van de activiteit. Het dorpsplein werd door vrijwilligers, met hun gezichten gloeiend van goede wil, omgetoverd in een feestelijk wintersprookje. Zelfs het weer werkte mee: alsof het zo was afgesproken, begon het licht te sneeuwen. De vijver was al stevig bevroren – klaar voor het schaatsfestijn dat gepland stond voor het weekend. In Branscombe kon zowat iedereen schaatsen.

Een van de grotere televisiestations, buz, had gehoord van het Vreugdefestival in Branscombe, en was gekomen om er een verslag van te filmen. Het festival was in het leven geroepen als een ode aan de ware betekenis van het kerstfeest: om te vieren dat in een dorp als Branscombe nog werkelijke saamhorigheid bestond. Het televisieverslag moest een hartverwarmende special worden, die op kerstavond zou worden uitgezonden.

Muffy Patton, de dertigjarige vrouw van de nieuw gekozen burgemeester, was de afgelopen zomer, tijdens een ver-

gadering van de gemeenteraad, met het idee voor het Vreugdefestival gekomen. 'Het is tijd dat we iets bijzonders doen
voor ons dorp. Andere plaatsjes in deze streek staan bekend
om hun sledehondenraces of hun fietsrally's. Branscombe is
al te lang onopgemerkt gebleven. We moeten het vieren dat
we zo'n eenvoudig gehucht zijn dat wordt bewoond door
mensen die de ouderwetse waarden en normen hooghouden.
Er is geen betere plek dan Branscombe om een kind groot te
brengen.'

Haar echtgenoot, Steve, was het daar van harte mee eens
geweest. Als onroerendgoedmakelaar (derde generatie) kon hij
het alleen maar toejuichen dat de streek werd gepromoot. Via
zijn bedrijf werd een aantal huizen te koop aangeboden, dat
perfect geschikt was als tweede huis op het platteland, voor
mensen uit Boston bijvoorbeeld. Overtuigend en begeesterd
als hij was, had hij zich volledig ingezet om iedereen enthousiast te maken voor het Vreugdefestival.

'Er zijn zo veel plekken waar Kerstmis niet meer is wat het
vroeger was,' verkondigde hij. 'Het gaat alleen maar om win-
kelopeningstijden en verkoopgetallen. Al vóór Halloween
staan de kunstkerstbomen in de winkels. Vrienden uit de stad
zeggen dat ze helemaal chagrijnig en gedesillusioneerd worden van al het commerciële gedoe in die periode. Laten wíj
het weekend in familiekring vieren, met samenzang op het
dorpsplein, een nieuwe set lichtjes voor de grote dennenboom
en allerlei gezellige activiteiten. Wij zullen laten zien dat Kerstmis de tijd is om vrolijk en gezellig te zijn. Een tijd van vreug-
de.'

'Hoe organiseren we het eten?' reageerde een van de ge-
meenteraadsleden praktisch.

'We kunnen vragen of de supermarkt het hele spektakel wil
cateren. De toegangskaartjes zouden net kostendekkend moeten zijn. We mogen van geluk spreken dat we zo'n familie-
bedrijf als Conklin in ons dorp hebben – het is gewoon een
instituut.'

Iedereen had instemmend geknikt, met in gedachten het warme gevoel dat je kreeg als je bij Conklin binnenstapte. Het was een genot om de geur van geroosterde kalkoen, gebakken ham, bubbelende pastasaus en chocoladekoekjes in de oven op te snuiven, het soort eten dat zelfs een koning zou smaken. En in de schappen een paar gangpaden verderop lagen gewoon steeksleutels, tuinslangen en zelfs wasknijpers. De mensen in Branscombe hielden er nu eenmaal van om hun handdoeken en lakens in de frisse, ijskoude wind te drogen.

Tegen het einde van de bijeenkomst was iedereen laaiend enthousiast geweest. En nu, drie maanden later, zou het festival de volgende dag al beginnen. De openingsceremonie stond gepland voor vrijdagmiddag, vijf uur, op het dorpsplein. De lichtjes in Branscombes enorme kerstboom brandden al. En de lichtjes in alle andere bomen – die langs de hoofdstraat en rondom het bowlingveld – zouden exact op het moment worden ontstoken dat de Kerstman op zijn door paarden voortgetrokken slee arriveerde. Dan werden er kaarsen uitgedeeld en zou het kerkkoor het publiek voorgaan bij het zingen van kerstliederen. En daarna was er een lopend buffet in de ondergrondse gewelven van de kerk, gecombineerd met de eerste van vele vertoningen van *It's a Wonderful Life*.

De zaterdag daarop zou Nora Regan Reilly – zij had een schoonzoon die een boezemvriend van de burgemeester was – haar pas gepubliceerde boek komen signeren op de braderie. En ze had bovendien beloofd een voorleesuurtje voor de kinderen te houden.

Ook werden er sledetochtjes en ritjes in een nostalgische hooiwagen georganiseerd, en de schaatsers werden begeleid door de romantische kerstliedjes van Frank Sinatra en Bing Crosby. Die zaterdagavond zou er weer een lopend buffet zijn, met daarna een opvoering door het amateurtoneelgezelschap van Branscombe. En ten slotte werd het festival op zondagmorgen afgesloten met nog een uitgebreid ontbijt met pannenkoeken, opnieuw in de catacomben van de kerk.

Tot zover ging alles van een leien dakje.

In de supermarkt werd constant doorgewerkt om alles op tijd klaar te hebben voor het weekend. Het Vreugdefestival mocht dan voor het dorp en voor de supermarkt een geweldig idee zijn, maar de mensen die er werkten, waren echt aan het eind van hun Latijn. Normaal was deze periode – van Thanksgiving tot Nieuwjaar – al razend druk, maar nu was het gewoonweg een gekkenhuis. En dankzij de televisiereportage verwachtte men ook veel bezoekers uit de omliggende dorpen. Iedereen die bij Conklin werkte, moest daarom in het weekend doorlopend beschikbaar zijn, om eventueel extra maaltijden te bereiden, als dat nodig mocht blijken. Dat betekende natuurlijk dat de medewerkers van de supermarkt zelf geen moment de tijd zouden hebben om van de feestelijkheden te genieten. De verwachting echter dat meneer Conklin hen deze kerst met een vettere bonus dan normaal zou belonen, maakte veel goed. Een bonus die traditiegetrouw rondom deze datum werd uitgereikt. Er waren zelfs al werknemers die hadden lopen mopperen dat dat nog niet was gebeurd.

Het kon nu niet gauw genoeg acht uur worden voor de vermoeide medewerkers. Dan zou Conklin sluiten. Toen Glenda, een van de caissières, om tien minuten voor acht haar kassa afsloot, vloog de deur open en kwam Rhoda, meneer Conklins bazige nieuwe vrouw, binnenmarcheren. In haar kielzog liep haar steeds schaapachtiger wordende echtgenoot, Sam, die ze tegenwoordig Samuel noemde. Rhoda – ver in de vijftig – en de oude Conklin hadden elkaar ontmoet tijdens een dansavond voor oudere alleenstaanden in Boston, toen Conklin een weekend bij zijn zoon op bezoek was. Rhoda had niet lang nodig gehad om te beseffen dat Sam rijp was voor de pluk. Sam Conklin, die pas weduwnaar was geworden, had niet geweten wat hem overkwám. En op een dag stond hij, in een keurig donkerblauw pak met een bloem op zijn revers, te wachten op Rhoda, die in een glitterende cocktailjurk door het middenpad van de kerk op hem toe kwam lopen. Sinds dat moment was het in de supermarkt nooit meer hetzelfde geweest. Rhoda wilde koste wat kost haar stempel op het veertig jaar oude bedrijf drukken. Een bedrijf dat het er zonder haar altijd prima vanaf had gebracht.

Rhoda meende Ralph, de slager, wiens geroosterde kalkoenen gewoonweg legendarisch waren, te moeten vertellen dat hij veel te veel boter gebruikte bij het braden. En ook haar pogingen om de vijfenzeventigjarige schat van een Marion over te halen kant-en-klare vullingen voor haar taarten te gebruiken, vielen niet in goede aarde. Dan was er nog het geval met Tommy, een stevige, ruige, knappe vent van ergens in de twintig, met een magische hand voor broodjes en salades. Hij moest van Rhoda de portie vis die hij op de onderzeeërbroodjes deed, miniseren. En Duncan, hoofd van de versafdeling, voelde zich enorm in zijn beroepseer aangetast doordat Rhoda een gebutste appel, die hij had weggegooid, weer terug in de schappen had gelegd.

En dan was Glenda er natuurlijk nog. Glenda ging over de centen, en wist dat ze met haviksogen in de gaten werd gehouden, zodra Rhoda in de buurt was. Dat raakte haar diep. Ze werkte al bij de supermarkt sinds ze van school af was en nooit, maar dan ook nooit, was er ook maar tien cent verschil geweest in haar kassa. En dat zou ook altijd zo blijven. Op dit moment voelde Glenda zich gewoonweg misselijk worden bij de aanblik van Rhoda. Terwijl iedereen zich uit de naad had gewerkt, was mevrouw blijkbaar naar de kapper geweest. De brede witte baan die vanaf haar voorhoofd helemaal tot aan haar nek over haar gitzwarte haar liep, was net opnieuw geverfd. Vanwege die witte baan had Glenda haar ooit de bijnaam 'het stinkdier' gegeven en zo werd ze sindsdien stiekem door de medewerkers van de supermarkt genoemd.

Rhoda kwam zelfverzekerd op Glenda aflopen: 'Wacht maar tot je de verrassing ziet die we voor de vijf belangrijkste medewerkers van de supermarkt hebben! Samuel en ik verwachten jou, Ralph, Marion, Duncan en Tommy in het kantoor zodra jullie klaar zijn met afsluiten.'

'Oké,' antwoordde Glenda, terwijl ze een wantrouwende blik wierp op de twee zware plastic tasjes van de plaatselijke lijstenmakerij, die meneer Conklin in zijn handen had. Wat zou daarin zitten?

Tien minuten later wist ze het. Eerst hadden ze allemaal een toespraakje van Rhoda moeten aanhoren over de werkelijke betekenis van Kerstmis en zo: 'Samuel en ik zijn zo blij dat de festiviteiten hier in Branscombe gaan over ménsen, en niet over dingen. Over saamhorigheid, over goede buren. En daarom hebben we ook besloten om jullie iets anders te geven dan een geldelijke bonus, die zo alleen maar te maken heeft met bezit.' En nadat ze in haar plastic tasjes was gedoken, had ze hun alle vijf een mooi ingepakt cadeau overhandigd. 'Allemaal tegelijk openmaken, anders verknoei je de verrassing voor de anderen.'

Er viel een doodse stilte in het kantoortje toen de vijf belangrijkste medewerkers van de supermarkt het cadeaupapier er af hadden gescheurd en zagen wat ze in hun handen hielden: een groepsfoto van hen alle vijf, zes maanden geleden genomen voor de Branscombe Inn, samen met de bruid en bruidegom. In de lijst eromheen was een tekst gegraveerd: 'Als dank voor jullie lange en trouwe dienst. Vrolijk kerstfeest! Samuel en Rhoda Conklin.'

Glenda wist niet hoe ze het had. We hebben allemaal keihard een geldelijke bonus nodig en daar rekenden we ook op, schoot het boos door haar hoofd. Duncan moest blijkbaar al zó zuinig doen, dat hij die dag niet eens had meegedaan met het lot dat ze altijd met z'n allen kochten voor de Powerballoterij. Zelf was ze van plan geweest haar bonus te gebruiken om de creditcardschuld die ze had, in te lossen. Die schuld had ze moeten maken om haar ex-man, Harvey, de kleding te vergoeden die 'met opzet geruïneerd' was toen ze die in twee vuilniszakken buiten op de stoep had gezet op het moment dat het begon te regenen en te stormen. De inhoud van de vuilniszakken was door de stevige rukwinden de straat op geblazen. Daarna was er een toevallig passerende vrachtwagen overheen gereden. Vijf minuten nadat zij de zakken buiten had gezet, was Harvey de straat ingereden en had daar zijn hele garderobe doorweekt, platgewalst en over de hele straat verspreid aangetroffen.

'Als ik die zakken niet op het afgesproken tijdstip had buitengezet,' had Glenda geprotesteerd, 'zou hij me hebben aangeklaagd omdat ik niet voldeed aan een gerechtelijke uitspraak.'

Maar de rechter was daar niet op ingegaan en had Glenda verordonneerd de ordinaire outfitjes die Harvey prefereerde, te vergoeden. Met de bonus zou ze hem hebben kunnen afbetalen en was ze voorgoed van hem en zijn vreemdgaan verlost.

'Je hoeft ons niet te bedanken, hoor,' kraaide Rhoda, terwijl ze allemaal verbouwereerd naar de foto in hun handen stonden te staren. 'Kom, Samuel. We moeten vroeg naar bed. Het wordt een druk weekend.'

Meneer Conklin liep achter haar aan de deur uit, zonder een van zijn werknemers aan te durven kijken.

Glenda zag dat Marion haar best deed niet in tranen uit te barsten. 'Ik heb mijn kleinzoon een mooi cadeau beloofd voor zijn trouwen,' zei ze. 'Maar nu weet ik niet of ik het me wel kan veroorloven. Ik moet de vlucht naar Californië tenslotte ook betalen...'

'Judy en ik zouden van de winter eens een keer écht vakantie nemen en op een cruise gaan,' jammerde Ralph. 'Met allebei de meiden op de universiteit zitten we constant aan het maximum van wat we uit kunnen geven. Judy is zelfs aan het oppassen vanavond, alleen maar om wat extra geld te verdienen.'

Tommy zag eruit alsof hij ieder moment kon ontploffen. Glenda wist dat hij nog altijd bij zijn bejaarde ouders woonde, om ze financieel te kunnen bijstaan. En met de bonus was hij van plan geweest om lekker te gaan skiën met een paar vrienden.

Lange, magere Duncan, die met zijn tweeëndertig jaar maar iets jonger was dan Glenda, pakte gedecideerd zijn jas. Toen hij zijn capuchon opzette, viel zijn zandkleurige haar over zijn voorhoofd en zijn gezicht was rood aangelopen. Glenda had altijd al min of meer moederlijke gevoelens voor hem gehad. Hij was zo geordend en precies en zijn afdeling in de supermarkt zag er altijd even keurig en uitnodigend uit. Het paste gewoon niet bij hem om zo zichtbaar uit zijn doen te zijn. 'Ik ben hier weg,' zei hij met trillende stem.

Glenda pakte vlug zijn arm. 'Wacht even,' drong ze aan. 'Zullen we met z'n allen naar Salty's eetcafé gaan om een hapje te eten?'

Duncan keek haar aan alsof ze gek was. 'En nog méér geld uitgeven dat we niet hebben?' vroeg hij met overslaande stem. 'De financiële planningscursus die ik volg, zegt dat uit eten gaan terwijl je net zo goed thuis iets klaar kunt maken, een van de meest voorkomende redenen is waardoor mensen in de schulden raken.'

'Nou, ga dan maar naar huis en maak een boterham met pindakaas voor jezelf,' reageerde Glenda kattig. 'We zijn allemaal van streek en soms is het dan juist goed om met vrienden te zijn en te ontspannen.'

Maar Duncan was al weg, voordat ze haar zin af had kunnen maken.

'Ik vind het een goed plan,' merkte Ralph schouderophalend op en deed zijn best te glimlachen. 'Kom op.'

'Ik ga mee,' riep Marion. 'Ik drink nooit, maar volgens mij kan ik nu wel een flinke borrel gebruiken.'

Twee uur later voelden Glenda, Tommy, Ralph en Marion

zich alweer iets beter en waren ze zelfs in staat om grapjes over het stinkdier te maken. Op het moment dat ze wilden opstappen, wees Tommy naar de televisie boven de bar.

Op de locale zender was een opgewonden presentator te zien. 'Vanavond zijn er twee winnaars in de mega-mega Superballoterij,' riep hij. 'Twee winnaars die driehonderdzestig miljoen dollar moeten delen, en het ongelofelijkste is nog dat allebei de loten hier in New Hampshire, op nog geen tien kilometer van elkaar, zijn gekocht!'

In één keer verstijfde het hele groepje. Het zou toch niet waar zijn. Durfden ze zelfs maar te hopen dat zíj misschien de winnaars waren? Ze speelden altijd met z'n vijven mee in de Superballoterij. Dan legden ze allemaal een dollar in en werden er vijf loten gekocht. Al jaren speelden ze met dezelfde vijf getallen op alle vijf de loten. En op vier van de loten ook met hetzelfde separate Powerbalgetal. Voor het vijfde lot kozen ze bij toerbeurt een eigen Powerbalgetal.

De presentator las de eerste vijf getallen voor. 'Dat zijn de onze!' gilde Marion opgewonden.

'En het Powerbalgetal is... tweeëndertig!'

Tommy en Ralph sloegen teleurgesteld op de tafel. 'Nee,' kreunden ze, 'tweeëndertig is ons Powerbalgetal niet.'

'Misschien het extra getal van deze week?' riep Marion. 'Het was Duncans beurt, maar hij heeft deze keer niet meegedaan.'

Glenda graaide in haar tas. Haar handen beefden en het zweet brak haar uit. Ze haalde haar portefeuille eruit en ritste het speciale vakje open waar ze de loten altijd bewaarde.

'Duncan heeft me verteld welk Powerbalgetal hij wilde kiezen. Hij stond op het punt om me zijn dollar te geven, maar deed hem toen toch maar weer terug in zijn portemonnee. Ik ben er zo aan gewend om vijf loten te kopen dat ik, toen ik voor de toonbank stond met een biljet van vijf dollar in mijn hand, dacht: ach, wat maakt het uit? Dus heb ik gewoon vijf loten gekocht en zíjn Powerbalgetal gebruikt... het was iets met dertig.'

'Ik hou het niet meer,' gilde Marion. 'Wat was het? Schiet op, Glenda!'

Glenda deelde de loten rond alsof het speelkaarten waren. 'Kijk allemaal maar.'

Het cijfer was moeilijk te zien in het flauwe schijnsel van de kaars op hun tafeltje. Marion boog zich voorover en kneep haar ogen samen om te ontcijferen welk Powerbalgetal er stond op het lot dat voor haar lag. Toen hoorden ze een soort kreun die uit het diepst van haar ziel leek te komen. 'O, mijn god!' gilde ze uiteindelijk. Ze sprong op en zwaaide met haar lot. 'We hebben gewonnen! We hebben gewonnen!'

'Weet je zeker dat het tweeëndertig is?' schreeuwde Glenda.

Marions hand trilde zo erg dat het lot op de grond viel. Tommy raapte het snel op. 'Het is tweeëndertig!' brulde hij. 'Het is tweeëndertig!'

Inmiddels was iedereen in het café opgesprongen.

'Wij vieren krijgen honderdtachtig miljoen dollar te verdelen!' schreeuwde hij en hij pakte de kleine Marion op en maakte een rondedansje met haar.

Als Harvey dit hoort... schoot het door Glenda heen terwijl Ralph en zij elkaar in de armen vielen.

'Groepsknuffel!' riep Marion, toen ze alle vier lachend en huilend tegelijk de armen om elkaar heen sloegen, nog niet in staat om het echt te geloven.

Dit kan gewoon niet waar zijn, dacht Glenda. Hoe kan het in vredesnaam wél waar zijn? Onze levens zijn voor altijd veranderd.

'Een rondje voor de hele zaak,' riep de barkeeper. 'Maar op jullie rekening!'

Het viertal liet zich weer terug op hun stoelen vallen en keek elkaar aan.

'Denken jullie wat ik denk?' vroeg Marion terwijl ze de tranen van haar wangen veegde.

Glenda knikte. 'Duncan.'

'Het was zíjn Powerbalgetal,' zei Ralph.

'Ja, inderdaad,' beaamde Glenda. 'Ik zou zelf tweeëndertig nooit gekozen hebben. Maar ík heb die extra dollar ingezet. Dus krijg ik van jullie allemaal nog vijfentwintig cent!'

'Ik zal je zelfs rente betalen,' beloofde Tommy.

Ze barstten allemaal in lachen uit, maar werden meteen weer serieus. 'We moeten dit met Duncan delen,' zei Glenda. 'Arme jongen, hij wilde zichzelf nog niet eens op een hamburgertje trakteren. En als we zijn getal niet hadden gebruikt, hadden we helemaal niets gewonnen.'

'En we zouden ook niets hebben gewonnen als jij die extra dollar niet had betaald,' merkte Marion op. 'Hoe kunnen we je ooit bedanken?'

Er verscheen een glimlach op Glenda's gezicht. 'We spelen al jaren samen in de loterij en nu hebben we geluk gehad. Zullen we ons eigen Vreugdefestival beginnen? Ik ben benieuwd naar Duncans reactie.' Ze pakte haar mobiele telefoon, waar Duncans nummers in het adresboek stonden. Eerst probeerde ze zijn thuisnummer en toen zijn mobiele, maar er werd niet opgenomen. Dus liet ze een boodschap achter, dat hij haar onmiddellijk moest bellen, hoe laat het ook was. 'Wat raar,' zei ze toen ze ophing. 'Ik had toch echt de indruk dat hij van plan was om meteen naar huis te gaan. Zou hij al weten dat we hebben gewonnen en denken dat hij naast de pot pist?'

'Ik denk eerder dat hij ervan uitgaat dat we met vier dollar hebben gespeeld en ook niets hebben gewonnen,' zei Tommy.

Op dat ogenblik verscheen de barkeeper aan hun tafeltje met een fles champagne en vier glazen. Terwijl hij de fles ontkurkte zei hij: 'Tijd voor een feestje. Jullie gaan toch geen van allen naar je werk morgenochtend, denk ik.'

'Dat weet ik wel zeker!' reageerde Marion. 'Dan krijgt de nieuwe mevrouw Conklin eindelijk de kans om de hele boel te regelen. Laat haar maar eens proberen om net zulke lekkere taarten te bakken als ik. Veel succes, schatje!'

Ze proostten en verheugden zich bij de gedachte aan de reactie die het stinkdier zou hebben, als ze te horen kreeg dat zíj de Powerballoterij hadden gewonnen.

Maar Glenda hield ondanks alles een knagend gevoel van ongerustheid over Duncan, dat ze niet van zich af kon zetten. Hij was zo van streek geweest over die bonus – die dus nooit zou komen. En nu nam hij zijn telefoon niet op.

Er zou toch niets met hem zijn gebeurd?

Hoofdstuk 2

Alvirah en Willy Meehan kwamen de ingang van het Pierre
Hotel in New York uit. Daar hadden ze net een liefdadig-
heidsdiner bijgewoond dat was georganiseerd om een van Alvirahs favoriete goede doelen te steunen. Alvirah had het zo
druk gehad met steeds weer even een praatje te maken met
degenen die haar gedag kwamen zeggen aan de tafel waar ze
zaten, dat ze nauwelijks tijd had gehad om te eten. Willy, die
ten slotte ook háár bord maar had leeggegeten, wilde nu zo
snel mogelijk naar huis. Het was bijna elf uur en het festijn
was al om zes uur begonnen. Zelfs de gastheer van die avond
had, na het voorlezen van de bingogetallen nogal vermoeid
geklonken toen hij iedereen bedankte voor zijn komst.

Hoewel het maar een kleine wandeling was naar hun appartement, hield Willy toch een taxi aan. Het was koud en
Alvirah droeg hoge hakken. Bovendien waren ze van plan
vroeg op te staan om naar een Vreugdefestival in New Hampshire te rijden, samen met hun goede vrienden: Regan Reilly, privédetective, met haar man Jack, hoofd van de afdeling
Ernstige Delicten in New York, en Regans ouders: Nora Regan Reilly, bekend schrijfster van detectives, en haar echtgenoot Luke, begrafenisondernemer. Toen Willy de chauffeur
wilde vertellen waar hij heen moest, voelde hij dat Alvirah
een rukje aan zijn mouw gaf. Hij wist precies wat dat betekende. Ze had honger. En vriendelijk als hij was, noemde hij

dus niet Central Park South nummer 211, waar ze woonden, maar het adres van hun, voor dit soort gelegenheden favoriete 24-uurs restaurant. 'Restaurant Leo, op de hoek van 45 Street en Broadway.'

Alvirah slaakte een zucht van tevredenheid. 'Ach, Willy, ik weet dat je moe bent, maar ik verrek van de honger. Alleen een kop van Leo's heerlijke minestronesoep en een kaastosti, dan slaap ik als een roos.'

Het lag niet in Willy's aard om nu iets te zeggen in de trant van: 'Je slaapt altijd als een roos, of je nu wel of niet hebt gegeten voor je naar bed gaat'. En bovendien had ze vanavond inderdaad nauwelijks de kans gehad om iets naar binnen te krijgen. Soms dacht Willy wel eens dat ze nu harder werkte, dan toen zij nog huizen schoonmaakte en hij loodgieter was. Een paar jaar geleden, toen ze allebei begin zestig waren, hadden ze veertig miljoen dollar gewonnen in de loterij. Tegenwoordig schreef Alvirah een column voor de *New York Globe*, hield ze zich bezig met uiteenlopende goede doelen, was ze de oprichtster van de 'Steungroep voor Loterijwinnaars' en had ze vooral haar uitstekende neus voor de problemen van anderen nog verder geperfectioneerd. En dat laatste had hij liever niet gehad.

Vanwege haar werk als amateurdetective was Alvirah al eens geïnjecteerd met gif, bijna gestikt en van een cruiseschip afgesprongen, om de kogels die voor haar bedoeld waren te ontwijken.

Het is gewoonweg een wonder dat ze niet geveld is door een posttraumatisch stresssyndroom, dacht Willy, terwijl de taxi stilhield voor Leo's restaurant.

'We blijven niet lang, schat,' zei Alvirah, toen Willy de taxirit betaalde. 'Laten we maar gewoon aan de bar gaan zitten.'

Maar eenmaal binnen gingen ze zowat van hun stokje door de penetrante geur van het schoonmaakmiddel waarmee de vloer door een verveeld kijkende schoonmaker werd gedweild. Een geel bord waarschuwde: 'Pas op! Natte vloer.'

'O, mijn hemel,' kreunde Alvirah. Toen ze op het punt stonden te gaan zitten, zei ze tegen haar man: 'Ik dacht dat ze dit soort ogentranende rotzooi niet meer gebruikten tegenwoordig. Er zijn niet veel dingen op de wereld die mijn honger kunnen laten verdwijnen, maar deze stank is er een van. Laten we maar gaan.'

Willy wilde niets liever. Lekker naar huis. Hij zag al voor zich hoe hij onder de dekens zou kruipen en zijn hoofd neer zou vlijen op het kussen van hun heerlijke bed. Op dat ogenblik kwam Leo de keuken uit lopen. Willy zwaaide even. 'We gaan weer.'

En Alvirah vroeg: 'Leo, wat heb je in vredesnaam voor gif in die emmer zitten?'

'Ja, dat is inderdaad nogal afschuwelijk, hè?' beaamde Leo. 'De leverancier heeft het me aangepraat. Het zou zowat elke bacterie die er maar bestaat, moeten doden.'

'Nou, ik heb nieuws voor je, Leo. Volgens mij ga ík er zelfs dood van,' zei Alvirah en liep in de richting van de uitgang. Maar na nog geen drie stappen gleed ze uit over de natte tegels. Willy sprong naar voren, in een poging haar op te vangen, maar tevergeefs. Het lukte Alvirah nog om haar val te breken door een stoel vast te grijpen, maar haar bovenlichaam sloeg naar voren en ze klapte met haar voorhoofd tegen de formica eetbar aan.

Een uur later zaten ze op de spoedafdeling van het St. Luke Ziekenhuis te wachten op een plastisch chirurg, die de wond boven haar linkerwenkbrauw zou hechten.

'Mevrouw Meehan, u bent een taaie,' had een jonge dokter haar vol bewondering verteld, nadat hij haar röntgenfoto's had bekeken. 'U hebt geen hersenschudding en uw bloeddruk is prima. De plastisch chirurg kan hier ieder moment zijn en straks bent u weer zo goed als nieuw.'

'Ik wil zijn referenties,' zei Alvirah, terwijl ze haar goede wenkbrauw omhoogtrok. 'Ik heb vanavond alleen al genoeg uitdrukkingsloze gezichten gezien om te weten dat er in deze stad in ieder geval één verschrikkelijk slechte plastisch chirurg vrij rondloopt.'

'Maakt u zich geen zorgen, dokter Freize is heel goed.'

En dokter Freize kon dan misschien wel goed zijn, zijn zorgzame woorden irriteerden Alvirah in ieder geval mateloos. Zodra de hechtingen erin zaten, zei hij doodleuk: 'En nu ga je lekker naar huis en neem je de rest van het weekend rust.'

Alvirahs ogen vlogen open. 'Maar we gaan morgenochtend naar New Hampshire voor een Vreugdefestival. Dat wil ik echt niet missen.'

'Dat begrijp ik,' reageerde dokter Freize. 'Maar u moet rekening houden met uw leeftijd.'

Alvirah brieste zowat.

'Ik moet haar er ook steeds aan herinneren dat we niet piepjong meer zijn,' probeerde Willy een grapje te maken.

'Nee, dat bent u inderdaad niet,' beaamde de dokter. 'En u dient mijn advies op te volgen: thuisblijven.'

Hoofdstuk 3

Opgewonden en teleurgesteld reed Duncan terug naar zijn woning in Huckleberry Lane. Het kleine huurhuisje lag op twintig minuten rijden van de supermarkt, aan het einde van een doodlopend laantje in de bossen.

'Geen bonus,' had hij al verschillende malen wanhopig uitgeroepen, terwijl hij hard in het stuur van zijn elf jaar oude, zoveelstehands suv kneep. 'Geen bonus! Hoe moet ik nou in vredesnaam die ring voor Flower betalen?' Afgelopen juni had hij de ring zien liggen in de etalage van Petties juwelierszaak en hoewel hij Flower toen nog maar één keer had ontmoet sinds hij haar op internet had ontdekt, had hij al geweten dat zij de ware voor hem was. De ring had de vorm van een bloem, met in het midden een diamantje. De omringende bloemblaadjes waren gemaakt van halfedelstenen. Meneer Pettie had schoorvoetend toegestemd in een kleine aanbetaling en ze hadden afgesproken dat Duncan de ring tegen Kerstmis op zou komen halen. En zou betalen, natuurlijk.

Maar hoe moest hij dat nu voor elkaar krijgen? Hij kón de ring natuurlijk met zijn creditcard betalen, maar iedereen wist dat de rente, als je aan het eind van de maand je creditcardschuld niet kon inlossen, gigantisch was en daarna alleen maar hoger en hoger werd.

Vorige maand waren er in Branscombe twee financieel experts gearriveerd, die tot Kerstmis een wekelijkse cursus financiële planning kwamen geven. Duncan, die al bezig was met de voorbereidingen voor zijn toekomst met Flower, had zich meteen ingeschreven. Afgelopen woensdagavond, na de les, hadden de experts Edmund en Woodrow Winthrop, neven van elkaar en beiden begin vijftig, hem apart genomen. 'We hebben de kans om aandelen te kopen in een oliemaatschappij die in één jaar tien keer de inleg belooft. Een geweldige kans,' had Edmund hem toegefluisterd.

'Geweldige kans? Geheide buitenkans, zul je bedoelen!' had Woodrow hem verbeterd.

'Er kan nog maar één persoon vijfduizend dollar inleggen en uit het financiële overzicht dat je voor ons hebt gemaakt, blijkt dat je dat bedrag op je spaarrekening hebt staan. Maar, Duncan, als je het zo op de bank laat staan als je nu doet, verliés je gewoon geld. En we gunnen je een kans, omdat je een hardwerkende, eerlijke jongen bent. Je verdient het gewoon, vinden wij...'

'Ik... ik... ik... weet niet,' stamelde Duncan.

'Natuurlijk begrijpen we dat je twijfelt of het wel goed is om zoiets te doen,' zei Edmund geruststellend. 'Zelf leggen we allebei honderdduizend in. Dat is het hoogste bedrag dat we volgens de wet mogen investeren.'

'Ieder honderdduizend?' had Duncan verbouwereerd gevraagd.

'Ja, en ik wou dat we meer mochten inzetten,' zei Edmund. 'Maar zo is de wet nou eenmaal, Duncan. Mocht je mee willen doen, het aanbod geldt tot morgenmiddag twaalf uur...'

De volgende morgen had Duncan al voordat de bank openging voor de deur gestaan, het geld van zijn spaarrekening naar zijn lopende rekening over laten boeken en was toen naar het huis gereden waar de Winthrops woonden en hun cursus gaven. Met gemengde gevoelens − verwachtingsvol, maar ook ongerust − overhandigde hij hun zijn cheque. Dat was meteen de allereerste keer geweest dat Duncan te laat was op zijn werk.

En nu had hij geen bonus, geen spaargeld, en lag Flowers ring nog steeds in de kluis bij Pettie. Eind volgende week zou ze invliegen vanuit Californië en hij was van plan geweest om haar op kerstavond ten huwelijk te vragen.

Toen hij bijna thuis was, begon het harder te sneeuwen, maar Duncan merkte het niet. Op het moment dat hij de oprit opreed en de motor afzette, hoorde hij een sputterend geluid, dat nieuw was vergeleken met het normale gekreun en gegrom van de auto. Nog iets om me zorgen om te maken, dacht Duncan toen hij uitstapte, het portier achter zich dichtgooide en zich het glibberige pad op haastte naar de voordeur.

Eenmaal binnen in het koude huis, waar Duncan de temperatuur tegenwoordig op een zuinige achttien graden hield, trok hij zijn jas uit en gooide die op de bank. Het eerste wat hij zag waren alle aantekeningen die hij op de financiële cursus had gemaakt. Ze lagen op de eettafel, waar hij zich er na elke sessie nog eens over boog. Edmunds en Woodrows les van de avond daarvoor was gegaan over hoe mensen hun zuurverdiende geld weer over de balk gooiden. Hij herinnerde zich elk woord.

'Heeft u enig idee hoeveel geld u in een jaar besteedt aan al die bekers koffie die u buitenshuis drinkt? Maak thuis gewoon een thermosfles met koffie en neem die mee naar uw werk of houd die naast u in de auto,' had Edmund met een bezorgde frons op zijn voorhoofd aangeraden. Om de ernst van de zaak te benadrukken had hij zijn bril er ook nog eens bij afgezet, en er nerveus in zijn handen mee staan spelen. 'Iedere keer dat u uw huis verlaat zonder die thermoskan, berooft u uzelf van geld voor een comfortabeler pensioen,' had hij vervolgens opgemerkt.

Woodrow onderbrak zijn neef. 'Neem me niet kwalijk, Eddie,' zei hij, met die eeuwige glimlach op zijn vlezige gezicht, 'maar ik heb een vraag voor onze gasten van vanavond.' Hij wees naar de zeventien personen uit Branscombe die de cursus volgden. 'Wie van u spoelt de plastic zakjes waarin u in de koelkast de restjes bewaart, na gebruik uit, om ze nog eens te gebruiken?'

Niemand stak zijn hand op.

'Precies wat ik al dacht,' baste hij met donderende stem, maar toen zag hij een timide hand langzaam de lucht in gaan. 'Mevrouw Potters, ik ben trots op u.' Hij stond op van zijn stoel, haastte zich naar haar toe en pakte de hand van de gepensioneerde lerares. Ze straalde toen hij die naar zijn lippen bracht.

'Wat ik eigenlijk wilde opmerken,' zei ze vriendelijk, 'is dat ik ooit wel begonnen ben met het sparen van plastic zakjes om ze te hergebruiken, maar dat ik door ervaring heb geleerd dat het niet altijd even goed werkt. Ik heb het laatste stuk taart voor de verjaardag van mijn overleden echtgenoot, het laatste stuk van de allerlaatste verjaardagstaart die hij ooit heeft gehad op deze wereld, in een zakje opgeborgen waar eerder een stuk roquefort in had gezeten. En helaas moet ik u vertellen dat dat de enige keer is geweest dat ik hem ooit heb horen vloeken.' Met een glimlach keek ze naar Woodrow op, die haar hand ondertussen had laten vallen.

'Dank u wel dat u dit met ons deelt, mevrouw Potters,' zei hij. 'Maar af en toe een klein obstakel op de weg naar financiële wijsheid is natuurlijk te verwachten.'

Mevrouw Potters gaf hem een klein knikje. 'Dat zal wel, ja.'

Woodrow haastte zich weer naar voren. 'Mensen, we eindigen met een paar laatste handige tips, die u mee naar huis kunt nemen, daar kunt laten bezinken en dan hopelijk ter harte zult nemen. Koop altijd kleding die wasbaar is. Stomen is duur! En alsjeblieft, in vredesnaam, verspil uw geld niet aan loterijen. Dan kunt u net zo goed een brandende lucifer bij uw geld houden en het meteen in rook op laten gaan. Goedenavond allemaal. Tot volgende week. Rij voorzichtig. En onthoud dat u altijd te voet moet gaan, als dat kan. Het is goed voor de conditie en bespaart nog benzine ook!'

Duncan was nog even naar hen toegelopen, omdat ze zo aardig waren geweest hem te betrekken bij hun investering en omdat hij zich daardoor zo'n beetje het lievelingetje van de leraar voelde. 'Hé, jongens. Ik vind jullie adviezen fantastisch, maar ik kan het alleen niet eens zijn met wat jullie vinden van de loterij. Op het werk hebben we een groepje, waar ik ook bij hoor, dat altijd samen vijf loten koopt. Twee keer per week zetten we allemaal een dollar in en het is zoals de reclame zegt: 'Hé, je weet maar nooit!'

Edmund en Woodrow hadden hun hoofden geschud in een soort geamuseerde minachting. 'Duncan, dat is honderdvier dollar per jaar, die je ook had kunnen investeren in iets wat echte winst belooft.'

Maar Duncan voelde zich gelukkig en was bovendien verliefd. Hij keek uit naar het weerzien met Flower. 'Ik moet het gewoon nog één keer doen,' zei hij. 'Ik voel gewoon dat ik geluk zal hebben. Ons groepje speelt altijd met dezelfde getallen en om de beurt kiezen we het Powerbalgetal voor het laatste lot. Morgen ben ík aan de beurt. Volgende week ben ik jarig en word ik tweeëndertig, dus dat is het getal dat ik dit keer neem.'

'Tweeëndertig, hè?'

'Tweeëndertig!' zei Duncan enthousiast. En daarna noemde hij de andere getallen langzaam op, alsof hij het een soort bezwering was: vijf, vijftien, drieëntwintig, vierenveertig en tweeënvijftig. 'Met die getallen spelen we al járen mee.'

'Vijf, vijftien, drieëntwintig, vierenveertig en tweeënvijftig,' herhaalde Edmund langzaam. 'Ik neem aan dat die nummers allemaal iets te maken hebben met verjaardagen, gedenkdagen en huisnummers.'

'Of met de dag dat iemands tand uit zijn mond viel,' grapte Woodrow.

'Nee, dat niet,' lachte Duncan met hem mee. 'Maar de getallen vijf, vijftien, drieëntwintig, vierenveertig en tweeënvijftig betekenen voor ieder van ons wel iets persoonlijks.'

'Maar dan nóg,' zei Woodrow, 'vinden we dat je je geld verspilt. Ik hoop dat je ons de volgende keer dat we samenkomen kunt vertellen dat je de verleiding hebt weerstaan.' Hij gaf Duncan een klapje op zijn rug.

Nu Duncan alleen in zijn koude huis stond, had hij plotseling een enorme behoefte Flower te bellen, maar hij besloot toch dat hij beter kon wachten tot hij zich weer wat rustiger voelde. Ze was zo lief en aardig, en zo gevoelig voor zijn stemming. Ze zou vast meteen aan zijn stem horen dat er iets was. En wat moest hij dan zeggen? Dat hij zijn verwachte bonus niet had gekregen, dat hij al zijn spaargeld had geïnvesteerd en nu geen geld meer had om haar verlovingsring te betalen?

Balend van zichzelf gooide hij zijn mobiele telefoon op tafel, liep naar de keuken en deed de koelkast open om er een biertje uit te pakken. Toen liep hij ermee naar de woonkamer, liet zich in zijn luie stoel vallen en leunde achterover. Toen de voetensteun omhoog kwam, slaakte hij een diepe zucht. Vanaf zijn zitplaats kon hij de foto die hij tijdens hun eerste ontmoeting van Flower had genomen, goed zien. Het was in een restaurant in San Francisco geweest. Toen Duncan binnen was gekomen, had hij haar zien zitten: met haar handen voor zich op de tafel had ze over het water zitten staren. Zodra ze zijn voetstappen naar haar tafeltje had horen komen, had ze zich met een glimlach om haar mond naar hem toegedraaid. Een klein, lief glimlachje dat haar gezicht had doen oplichten, en daarmee ook het hart van Duncan.

Ze waren begonnen te praten en leken daarna nooit meer op te houden. Met zoveel gemeen, inclusief hun hippieouders, hadden ze allerlei verhalen uitgewisseld over in slaap vallen tijdens protestbijeenkomsten, eten van organisch voedsel en steeds maar weer van school moeten veranderen. Flower was Flower genoemd omdat haar ouders voor een landschapsarchitect hadden gewerkt. 'Het had erger kunnen zijn,' zei Flower lachend. 'Mijn vader had eigenlijk gewild dat ik Struik zou heten.'

'Mijn ouders hebben me Duncan genoemd, omdat ze elkaar hebben ontmoet bij Dunkin' Donuts, terwijl ze in de rij stonden voor een koffie om mee te nemen,' vertelde hij haar. Het was onvoorstelbaar voor hem dat zijn ouders nu, na zijn nomadische jeugd, in Florida in een gemeenschap voor vijfenvijftigplussers woonden en genoten van de bingoavonden daar.

Duncan en Flower hadden het ook gehad over hun behoefte aan wortels. Hij vond het heerlijk van haar te horen dat ze een paar keer per jaar met de bus vanuit San Francisco naar Lake Tahoe reisde. Zij hield, net zoals hij, van sneeuw. En ze had een baan op een crèche, die wel niet al te best betaalde, maar het was werk dat ze graag deed. En het allerbelangrijkste is natuurlijk dat ze ook van míj houdt, schoot het door hem heen toen hij de televisie aanzette en zich dieper in zijn stoel nestelde.

Ik moet blij zijn met wat ik heb. Geld is niet alles. We zijn gezond. En we hebben het beter dan 99,9 procent van de wereldbevolking. Dus kop op, sprak hij zichzelf streng toe, het is maar een bonus, het is maar geld. Misschien vond meneer Pettie het wel goed als hij in maandelijkse termijnen zou afbetalen en de ring alvast zou meenemen. Meneer Pettie wéét tenslotte dat ik te vertrouwen ben.

Duncan dronk rustig zijn biertje, terwijl hij met een half oog naar het laatste halfuurtje van een misdaadprogramma keek, dat over een vrouwelijke oplichtster ging die vier keer was getrouwd en al haar mannen hun hele kapitaal afhandig had gemaakt. Wat een sukkels, dacht hij, terwijl zijn ogen dicht begonnen te vallen.

Een uur later schrok hij wakker van een doordringende, opgewonden, overenthousiaste stem. Toen Duncan besefte waar de presentator op de televisie zo druk over deed schoot hij naar voren. De stoel verschoof er zelfs van. Er waren twee winnaars in de Powerballoterij die allebei hun lot in New

Hampshire hadden gekocht, op nog geen tien kilometer afstand van elkaar. Eigenlijk had hij de neiging om zijn handen over zijn oren te leggen toen de presentator het lotnummer begon voor te lezen, maar dat deed hij niet.

Bij het derde getal begon zijn hart harder te bonken. Onze getallen! dacht hij opgewonden. De volgende twee getallen waren óók al goed. Dit kan niet, dacht hij. Maar toen de presentator met een grote glimlach verkondigde dat het speciale Powerbalgetal tweeëndertig was, sprong hij op uit zijn stoel. 'Ik heb geen lot!' schreeuwde hij. 'Ik heb geen lot! Anders hadden we gewonnen!' Plotseling verstijfde hij. Zou Glenda misschien toch zijn Powerbalgetal hebben gebruikt? Maar als ze dat heeft gedaan en ze dus een winnend lot hebben, heb ík er niets aan, dankzij die Winthrop-idioten!

Het onbehaaglijke gevoel dat hij had geprobeerd te negeren, over het feit dat hij al zijn spaargeld had belegd in een oliebron, laaide opeens akelig krachtig in hem op. Plotseling kwam het hele plan hem als belachelijk voor.

Ik wil mijn geld terug. Meteen!

Duncan greep zijn jas van de bank en rende de deur uit. Die idioten hebben mijn leven geruïneerd, dacht hij opgewonden terwijl hij in de auto sprong. Hij trapte het gaspedaal een paar keer in en draaide het sleuteltje om in het contactslot om te starten.

Maar zijn inspanningen werden beloond met een doodse stilte.

'Kom op!' riep hij ongeduldig, terwijl hij steeds het sleuteltje omdraaide. Hij verdreef de gedachte dat hij, als hij had meegedaan aan de Powerballoterij, nu elke auto had kunnen kopen die hij maar wilde. Zelfs een Rolls-Royce!

'Kom op,' riep hij nog een keer, terwijl er tranen van woede in zijn ooghoeken glinsterden. Na nog een paar keer onmachtig op het stuur te hebben geslagen, sprong hij de auto weer uit.

Zonder zich iets aan te trekken van de sneeuw die in zijn

gezicht striemde, begon hij halfhysterisch van woede het donkere laantje af te rennen. Pijlsnel ging hij op weg naar het huis dat die financiële goeroes hadden gehuurd voor de maand die ze in Branscombe zouden doorbrengen.

Twintig minuten later rende hij hijgend en puffend de oprijlaan van hun huis op en haastte hij zich naar de zijdeur, die voor de cursisten als ingang werd gebruikt. Achter die deur lag de ruimte waar de rijen stoelen en een schoolbord stonden opgesteld. Maar toen hij op het punt stond aan te bellen, hoorde hij geschreeuw vanuit het huis. Wat is daar aan de hand, dacht hij. Het klinkt alsof er iets mis is.

Onwillekeurig draaide hij even aan de deurknop. De deur bleek niet op slot te zitten. Toen hij hem openduwde, hoorde hij de harde, overslaande stemmen van de Winthrops uit de keuken komen. De keuken, woonkamer en eetkamer waren alle drie een halve etage hoger dan de ruimte die als klaslokaal was ingericht, en de deur boven aan de trap, naar de keuken, was dicht. Duncan haastte zich over de versleten bruine vloerbedekking naar de onderste treden van de trap en luisterde. En wat hij hoorde bevestigde zijn angstigste vermoedens.

'Hé, Edmund, denk je dat die sufkoppen in dit dorp de Brooklyn Bridge zouden kopen als we die aan zouden bieden?'

Edmund bulderde van het lachen. 'Ik weet wel iemand die daarin zou trappen.'

'Duncan Donuts!'

Ze kónden allebei gewoon niet meer van het lachen. Een van de twee sloeg er zelfs bij op de tafel, zo te horen.

'Die Duncan is net zo stom als die debiel uit Arizona van vorig jaar, die investeerde in windmolens in Alaska. Hij moest eens weten...'

'Kun je je zijn gezicht voorstellen als hij er ooit achterkomt dat we zíjn getallen hebben gebruikt in de loterij en hebben gewonnen?'

'Daar zou ik ontzettend graag bij willen zijn.'

En weer volgde er een lachsalvo.

'Denk je dat er een kans is dat hij ons uitstekende advies niet heeft opgevolgd en toch zijn Powerbalgetal heeft gebruikt?'

'Neuh, ik denk dat we hem wel hebben weten te overtuigen met onze wijze raad. Maar het andere lot is wél hier verkocht. Stel nou dat het Duncans collega's zijn die met zíjn Powerbalgetal hebben gewonnen. Zou dat geen giller zijn?'

Duncans hoofd voelde alsof het uit elkaar zou barsten.

Dit is een nachtmerrie, dacht hij. Het zijn oplichters. Ze hebben mijn spaargeld, plús mijn lotnummers gestolen. Nadat ze me eerst hebben aangeraden niet te spelen! De tranen die hij de hele weg hierheen had weten in te houden, begonnen nu over zijn ijskoude wangen te biggelen. Ik weet al wat ik ga doen, dacht hij. Ik bel de FBI! Ik zal ervoor zorgen dat deze twee klootzakken de rest van hun leven in zo'n leuk oranje speelpakje in de gevangenis zullen zitten. Een speelpakje dat je gewoon kunt wassen, en dus niet duur gestoomd hoeft te worden, dacht hij bitter.

Maar op dat moment hoorde hij iets zijn kant op komen en dacht hij dat hij de deurknop boven aan de trap zag bewegen. In paniek besefte hij dat hij geen tijd had om het huis ongezien te verlaten, dus rende hij snel naar links en maakte de deur naar de kelder open. Maar... terwijl hij de deur achter zich dichttrok, gleed zijn natte schoen uit op de bovenste tree en donderde hij de trap af.

Hij kwam keihard neer op de cementen vloer. De pijnscheut die door zijn rechterbeen trok, bezorgde hem het zweet op zijn voorhoofd. Zouden ze me gehoord hebben? vroeg hij zich angstig af. Als ze erachter komen dat ik alles weet, ben ik erbij en zal ik mijn kleine Flower nooit meer zien.

'Edmund, hoorde jij ook wat?'

'O, nee,' fluisterde Duncan.

'Dat moet de verwarmingsketel zijn. Het is hier een oude rotzooi. Geef me nog eens een biertje.'

'Moeten we voor de zekerheid niet even gaan kijken?'

'Ach, waarom?'

Dank U, God, dacht Duncan, terwijl het opschepperige gebral boven zijn hoofd aanhield. Via de ventilatieroosters kon hij ze heel goed verstaan. Hij hoorde hoe ze de stomheid van de arme drommels die ze hadden belazerd, belachelijk maakten. En hun hilariteit over het winnen van de mega-mega miljoenen Powerbaljackpot met 'Duncan Donuts'-nummers.

Ze zijn gevaarlijk, besefte Duncan. Zijn hart begon paniekerig sneller te kloppen. Duncan probeerde of hij zijn lichaam kon bewegen, maar hij werd al helemaal duizelig door de pijn in zijn been.

Hoe kom ik hier ooit weg? vroeg hij zich af, terwijl hij daar in de donkere, vochtige kelder lag. En plotseling schoot er een rare gedachte door zijn hoofd: ik wou maar dat ik Glenda's advies had opgevolgd en gewoon een boterham met pindakaas had gemaakt.

Hoofdstuk 4

Geen van de winnaars wilde ver uit de buurt van het winnende lot zijn. Niet dat ze elkaar niet vertrouwden, maar gewoon… Ze hadden alles al precies uitgerekend. Met z'n allen wisten ze genoeg van loterijprijzen om te weten hoe groot het geldbedrag was dat zij hadden gewonnen: honderdtachtig miljoen dollar. Alle vier waren ze het erover eens dat ze alles in één keer, met alle kosten al verrekend, zouden laten uitbetalen, wat op ongeveer achtentachtig miljoen zou neerkomen. Dan moest daar nog belasting af, waarna ze nog ongeveer zestig miljoen zouden hebben. Gedeeld door vijf betekende dat dat ze allemaal met twaalf miljoen in hun zak gedag konden zeggen tegen het stinkdier.

'We moeten niet vergeten een foto te laten maken als we met z'n allen die cheque in ontvangst nemen, en die dan naar die trut opsturen,' opperde Marion.

Ze besloten allemaal de nacht door te brengen in Ralphs huis. Hij had een grote zitkamer met een paar banken en luie stoelen erin. Niet dat iemand verwachtte te kunnen slapen, maar dan konden ze in ieder geval een beetje comfortabel wegsoezen. Terwijl ze aan de champagne zaten, belden ze naar huis.

Ralphs vrouw, Judy, slaakte een vreugdekreet toen ze het nieuws hoorde en was helemaal opgewonden dat iedereen die nacht in haar huis zou doorbrengen.

'Ik ga meteen koffiezetten,' riep ze. 'En dan te bedenken

dat ik de hele avond op die verwende krengen heb gepast voor maar dertig dollar! Twáálf miljoen dollar! Ralph, we hoeven ons nooit meer zorgen te maken!'

Ralph, een stoere vent met een bos rood haar, die er een beetje vervaarlijk uit kon zien als hij zo'n enorm slagersmes in zijn hand had, barstte in tranen uit. 'We bellen samen de meisjes, schat. Ik ben zo benieuwd hoe ze zullen reageren!'

'Ik hou van je, Ralph,' zei Judy, nu ook in tranen.

Tommy belde zijn ouders. Die waren er helemaal beduusd van. Toen kwam zijn moeder, zoals gewoonlijk, met een waarschuwing. 'Tommy, zorg dat je niet al te opgewonden raakt,' zei ze. 'Daar kun je ziek van worden. Misschien kun je beter naar huis komen.'

'Mam, ik voel me prima. Meer dan prima zelfs. Ik ga Gina bellen en zeggen dat ze eersteklasvliegtickets voor haarzelf, Don en de kinderen moet bestellen, zodat ze volgende week naar jullie toe kan komen. We hebben al in geen jaren Kerstmis met elkaar kunnen vieren.'

'Oh, Tommy, dat zou fantastisch zijn!'

Marion belde haar zoon in Californië. 'Zeg maar tegen T.J. dat hij een huwelijkscadeau krijgt waar hij versteld van zal staan! Nu ik erover nadenk, hij kan maar beter zorgen dat hij onder huwelijkse voorwaarden trouwt!'

En Glenda belde haar alleenstaande vader in Florida. 'Pap, ik wil graag dat je morgenochtend iets voor me doet,' begon ze uitgelaten.

'Wat dan, lieverd?' vroeg hij met slaperige stem, met geen woord over het feit dat ze zo laat nog belde. Hoe ze toch met zo'n klootzak als Harvey had kunnen trouwen, terwijl ze zo'n schat van een vader had, zou altijd wel een raadsel blijven.

'Pap, ik wil dat je morgen op pad gaat om net zo'n supersnelle boot te kopen als je vriend Walter heeft. Of nee, koop maar een grotere!' Ze barstte in lachen uit.

'Glenda, lieverd, je klinkt een beetje dronken. Ik hoop dat je niet in de put zit om die klootzak van een Harvey...'

35

'Ik zit absoluut niet in de put, pap. En ik ben niet dronken...' Het kostte Glenda ruim drie minuten om haar vader ervan te overtuigen wat voor ongelofelijks haar was overkomen.

Toen ze het eetcafé wilden verlaten, vroegen verschillende van de gasten hun om even te poseren voor foto's.

'We zijn beroemd,' verzuchtte Marion. 'Ik kan het niet geloven. Ik wou maar dat ik mijn nieuwe roze bloes aanhad. De verkoopster zei dat de ruches langs de hals me erg goed stonden.'

Glenda, die de roze bloes had gezien, kon daar niet van harte mee instemmen. Ik ga binnenkort wel eens met haar winkelen, dacht ze, om een mooie outfit voor het huwelijk te kopen. En ikzelf kan ook wel wat kleding gebruiken, schoot het door haar heen, terwijl ze zich weer herinnerde wat Harvey tegen haar had gezegd toen ze de rechtszaal uit kwamen.

'Ik wens je echt het allerbeste, Glenda,' had hij gezegd. 'En ik hoop dat je iemand ontmoet die van je houdt, gewoon om hoe je bent,' had hij er grinnikend aan toegevoegd.

Glenda wist heus wel waar hij op doelde. Dat ze moest afvallen en zichzelf eens wat moest opkalefateren, maar met zijn constante negatieve commentaar had ze het opgegeven om haar best te doen om er goed uit te zien. Maar dat ging nu veranderen. En wat zal Harvey ervan balen dat hij op geen van de reisjes die ik nu ga maken, meer mee mag! dacht Glenda vol leedvermaak. Ik begin met een totale make-over in een kuuroord, net zoals die Alvirah Meehan, die ook ooit de loterij had gewonnen. Alvirah zou trouwens naar het Vreugdefestival komen dit weekend, met haar vriendin Nora Regan Reilly. Als ze écht komt, zou ik graag eens een praatje met haar maken.

Ralphs huis lag een kwartiertje van het eetcafé vandaan. Charley, een man van ergens in de zestig was net het eetcafé binnengestapt. Hij bezat de enige stretchlimo in het dorp en had net een paar medewerkers van een accountantskantoor na hun kerstborrel op kantoor thuisgebracht. In december werd hij vaak ingehuurd voor dat soort klussen. En nu stond hij erop de gloednieuwe miljonairs in stijl naar Ralphs huis te rijden.

'Laat jullie auto's maar hier op de parkeerplaats staan. Het is me een eer om jullie allen een rit in mijn stretchlimo aan te bieden,' zei hij, en hij voegde er spijtig aan toe: 'Ik wist wel dat ik vroeger een baan bij Conklin had moeten nemen. Dan had ik nu misschien in jullie geluk gedeeld. Nou, ja, pech.'

Terwijl ze instapten begonnen ze, geïnspireerd door het weer, te zingen: 'Rij maar mee in de arrenslee...' Meteen toen ze bij Ralphs huis aankwamen, vloog de voordeur open en kwam Judy half rennend, half glijdend op de limo af. Ze rukte het achterportier open, dook naar binnen en sloeg haar armen om Ralphs nek. 'We zijn rijk!' gilde ze. 'Ik had nooit gedacht dat nog eens te kunnen zeggen. Maar schat, we zijn rijk! Er heeft al drie keer een verslaggever gebeld. Hij is van het televisiestation dat een uitzending over het festival maakt. Iemand in het eetcafé had hem verteld dat jullie de loterij hebben gewonnen. BUZ wil jullie allemaal interviewen.'

'Wat denken jullie, moeten we lijfwachten inhuren, net als Paris Hilton?' vroeg Marion zorgelijk. 'We hebben tenslotte een stukje papier in ons bezit dat miljoenen waard is.'

Eenmaal binnen in het bescheiden, maar gezellig gedecoreerde huis, gingen ze met zijn allen aan de eettafel zitten, die Judy had gedekt met haar mooie, porseleinen kopjes en dessertbordjes. In de hoek van de woonkamer stond een kerstboom vol twinkelende lichtjes. Het was duidelijk dat Judy het leuk vond om het huis te versieren voor de kersttijd. Er was nauwelijks een plekje op de muren of op de tafeltjes te vinden dat níet was versierd. En overal stonden kaarsen.

Judy begon koffie in te schenken, maar haar handen trilden. Ze moest haar best doen om de koffie niet over de schoteltjes te knoeien. Alsof ze hardop nadacht zei ze: 'Ik ben nu vijftig en mijn hele leven nog nauwelijks buiten New Hampshire geweest. Ralph en ik zijn al samen sinds de middelbare school.' Ze keek haar echtgenoot aan. 'Als we die cruise hebben gedaan, wil ik graag naar Londen, Parijs en Rome.' Vervolgens keek ze naar haar eigen versleten trui en spijkerbroek. 'En ik wil nieuwe kleren.' Ze schudde haar hoofd. 'Ik kan nog steeds niet geloven dat het echt waar is. Mag ik het lot eens zien?'

Glenda haalde het lot voorzichtig uit haar portemonnee en gaf het aan Judy.

'Pas op voor de kaarsen,' waarschuwde Marion.

Onder het genot van koffie en koekjes praatten ze over hoe het de volgende dag zou zijn als ze om zeven uur, zodra de winkel openging, op de stoep zouden staan en hun lot zouden laten valideren. En hoe het zou zijn om níét naar het werk te gaan.

Marion liet Judy de ingelijste foto zien, die ze in plaats van hun kerstbonus hadden gekregen.

'Wat een schande,' reageerde Judy, terwijl ze de inscriptie las. 'Dat stinkdier krijgt wat ze verdient en hij ook. De oude Conklin weet heel goed dat jullie afhankelijk zijn, of misschien moet ik zeggen waren, van die bonus. Die krijgen het nog druk, nu ze het Vreugdefestival zonder jullie moeten cateren.'

'Ik zou ze nog best zijn gaan helpen, als ze niet met dat stomme kerstgeschenk waren komen aanzetten,' zei Glenda.

De telefoon ging. Het was de producent van BUZ. Ze spraken af om elkaar om zeven uur bij de kruidenierswinkel te treffen.

Toen Ralph en Judy hun dochters belden, probeerde Glenda Duncan nog een keer te bereiken. Maar hij nam niet op. 'Ik hoop dat hij gewoon zijn telefoon heeft uitgezet om te gaan slapen,' merkte ze op, in een poging onbezorgd te klinken.

'Ach, ik weet zeker dat alles goed met hem is,' stelde Tommy haar gerust. 'Als Charley ons morgenochtend komt halen, rijden we eerst even langs Duncan om hem op te pikken. Hij zal dan al zeker opgestaan zijn en op het punt staan om te vertrekken naar de zaak. En dan vertellen we hem dat we hem mee laten delen in het winnende lot. Wat ben ik benieuwd naar zijn gezicht als hij dat hoort!'

Hoofdstuk 5

Vrijdag, 12 december
Het was bijna twee uur toen Willy en een enigszins ontdane Alvirah aankwamen bij hun flat aan 211 Central Park South. Toen ze in bed stapten, zette Willy de wekker af, die al was gezet voor hun vroege vertrek naar New Hampshire, de volgende ochtend.

'Ik had me er echt op verheugd, op het Vreugdefestival,' verzuchtte Alvirah spijtig. 'Het klonk zo leuk, vond ik.' Vol spijt keek ze naar de ingepakte koffers, die al klaarstonden. 'We hebben het allemaal zo druk gehad dat we de Reilly's al veel te lang niet hebben gezien en ik mis ze.'

'Volgend jaar gaan we zeker,' beloofde Willy. 'Ik heb net, toen jij in de badkamer was, een e-mail naar Regan en Jack gestuurd om te vertellen wat er is gebeurd, dat alles goed met je is, maar dat je dit weekend niet kunt komen en dat we ze morgen bellen.' Terwijl hij het licht uitknipte, vervolgde hij: 'Als je je niet lekker voelt, moet je me wakker maken, hoor. Je hebt een flinke smak gemaakt.'

Toen er geen reactie kwam, besefte hij dat Alvirah al sliep. Wat een verrassing, dacht hij, terwijl hij lekker tegen haar aan ging liggen.

Zeven uur later deed Alvirah haar ogen weer open. Ze voelde zich als herboren. Voorzichtig voelde ze aan het verband op haar voorhoofd. Het doet wel pijn, maar verder is er niets aan de hand, dacht ze. Willy stond erop haar ontbijt op bed te serveren. Een kwartiertje later, met drie kussens in haar rug gepropt, zat ze de roereieren te verorberen die hij met zorg voor haar had klaargemaakt.

Toen ze het laatste hapje toast had genomen, veegde ze keurig haar mond af met het abrikooskleurige servet dat ze had gekocht omdat het zo mooi bij het ontbijtblad paste. 'Ik voel me echt prima,' zei ze. 'Laten we toch gewoon naar het Vreugdefestival gaan.'

'Alvirah, je hebt gehoord wat de dokter heeft gezegd. Volgend jaar gaan we. Nu moet je je gewoon rustig houden.' Willy pakte het ontbijtblad op. 'Ik ga nog een kopje thee voor je halen.'

'Welja,' mopperde Alvirah. 'Ik heb toch niets anders te doen.' Ze stak haar hand uit naar de afstandsbediening en zette de televisie aan. 'Laten we maar eens kijken wat er in de rest van de wereld aan de hand is.' Ze duwde op het knopje voor het buz-kanaal. Het gezicht van Cliff Bailey, de knappe presentator, vulde het scherm. Hij had haar ooit eens geïnterviewd over de valkuilen die een winnaar van de loterij tegenkwam. Alvirah herinnerde zich dat er eigenlijk geen valkuilen wáren, maar dat sommige mensen gewoon tot hele rare dingen in staat waren op het moment dat ze opeens zo veel geld in handen hadden.

'En nu gaan we over naar een ongelofelijke gebeurtenis,' zei Bailey een beetje ademloos. 'We gaan naar het dorpje Branscombe in New Hampshire, waar een groepje van vier collega's uit de plaatselijke supermarkt de helft van de driehonderdzestig miljoen van de mega-megajackpot Powerballoterij van gisteravond heeft gewonnen.'

'Alvirah, wil je nog een stukje toast?' riep Willy vanuit de keuken.

'Ssst,' maande Alvirah hem tot stilte en ze zette het geluid harder. 'Willy, kom eens hier!'

Ongerust kwam Willy de slaapkamer inrennen.

'... het andere winnende lot is in Red Oak gekocht, een plaatsje op nog geen tien kilometer van Branscombe. In de geschiedenis van de Powerballoterij is het nog nooit voorgekomen dat de bliksem tegelijkertijd in twee plaatsjes die zo dicht bij elkaar liggen, insloeg. De eigenaar van het tweede winnende lot heeft zich nog niet gemeld. In Branscombe heerst ongerustheid over een vijfde collega, Duncan Graham, die al jaren met dit groepje meespeelt in de loterij. Pas gisteren besloot hij niet langer mee te doen. Maar ondanks dat zijn zijn collega's van plan hem mee te laten delen in de prijs, tenslotte was het zíjn Powerbalgetal waarmee ze de prijs hebben binnengesleept. Maar de man lijkt te zijn verdwenen. Duncan is sinds hij gisteravond de supermarkt verliet, nergens meer gezien. Er zijn mensen die denken dat hij stiekem in zijn eentje heeft gespeeld, nu eigenaar is van het andere winnende lot en zijn collega's niet meer onder ogen durft te komen. Meteen nadat ze hoorden dat ze hadden gewonnen lieten die collega's op de voicemail de boodschap voor hem achter dat hij zou meedelen in de prijs. Hier zien we de vier collega's op het moment dat ze vanmorgen hun lot bij de verkoper lieten verifiëren.'

Alvirah bekeek de uitdrukkingen op de gezichten van de winnaars aandachtig. Hun glimlach leek een beetje geforceerd. En ze zagen er eerder verbouwereerd dan uitgelaten uit. 'Verdorie, dat we daar nou niet bij zijn, in Branscombe,' riep Alvirah en gooide de dekens van zich af. Willy wierp één blik op haar en wist hoe laat het was: tegenspreken had geen zin. 'Ik doe de afwas wel en maak het bed op. Ga jij maar douchen.'

'Bel de garage alsjeblieft en zeg dat ze meteen de auto klaar moeten zetten. Gelukkig hebben we de koffers nog niet uitgepakt. Ik kan die dokter wel wúrgen, met zijn verhaal dat ik thuis moest blijven. Die vent heeft me nog nooit eerder gezien. Wat weet hij nou van mijn conditie. Vroeger zou ik ook met drie hechtingen boven mijn oog mevrouw O'Keefe niet hebben gebeld dat ik niet kon komen om dat rommelige huis van haar schoon te maken. Dan zou ik gelijk ontslagen zijn. Willy, bel Regan maar en zeg dat we eraan komen.'

De badkamerdeur sloeg achter haar dicht.

'Ik wist wel dat we uiteindelijk toch op dat Vreugdefestival zouden belanden,' mompelde Willy voor zich uit, terwijl hij de lakens rechttrok.

Hoofdstuk 6

Regan en Jack Reilly vertrokken om zeven uur die ochtend vanuit hun appartement in Tribeca. Ze hadden een SUV voor het weekend gehuurd. Het plan was geweest om Regans ouders, plus Alvirah en Willy Meehan op te pikken, bij hun naast elkaar gelegen appartementen op Central Park South en dan met z'n allen naar New Hampshire te rijden. De teleurstellende e-mail van Willy, dat hij en Alvirah niet mee konden, maakte de enorme SUV niet alleen onnodig, maar herinnerde iedereen ook constant aan hun afwezigheid.

Regans moeder, Nora Regan Reilly, die er zelfs op dit vroege uur al chique uitzag, wierp bij het instappen een spijtige blik omhoog naar Alvirahs appartement. Voor iedere willekeurige voorbijganger zou het meteen duidelijk zijn dat Regan en zij moeder en dochter waren. Ze hadden dezelfde lichte huid, dezelfde helderblauwe ogen en dezelfde klassieke trekken. Waar ze in verschilden was de kleur van hun haar. En hun lengte. Nora was een kleine blondine, terwijl Regan het ravenzwarte haar van haar vader had geërfd en met haar bijna een meter tachtig ook de lengte had van de Reilly's. Haar vader, Luke, was een slanke, tegenwoordig zilverharige man van bijna een meter negentig.

'Ik hoop maar dat alles goed komt met Alvirah,' zei Nora bezorgd, terwijl ze in de auto ging zitten.

Luke gooide hun koffers in de achterbak en ging naast haar

zitten. 'Ik wed op Alvirah,' zei hij. 'En heb medelijden met die eetbar waar ze tegenop is geklapt.'

'Precies wat ík vind,' reageerde Jack. 'Maar ik was bang dat Regan kwaad op me zou worden als ik het hardop zei.' Er stonden pretlichtjes in zijn hazelnootkleurige ogen, toen hij over zijn schouder even een blik op Luke wierp. Jack Reilly had een hele speciale band met zijn schoonvader. Dat was al zo vanaf de tijd dat Jack Regan voor het eerst had ontmoet, toen Luke ontvoerd was geweest. De dader was een ontevreden nabestaande van een dode die door Lukes begrafenisonderneming ter aarde was besteld. Als hoofd van Bureau Ernstige Delicten in New York was Jack toen opgeroepen: een knappe man, met peper-en-zoutkleurig haar en een natuurlijke autoriteit. Op zijn vierendertigste was Jack een van de rijzende sterren van New York. Hij was afgestudeerd aan Boston en had ervoor gekozen zijn grootvader van vaders kant in zijn voetsporen te volgen en niet in het investeringsbedrijf van zijn vader te gaan werken. Vanaf het moment dat zich een relatie tussen Regan en Jack begon te ontwikkelen, stond hij bekend als Jack 'geen familie' Reilly.

Nadat ze zich door de gewone vrijdagochtenddrukte heen hadden geworsteld en twee uur later in Connecticut reden, ging Jacks mobiele telefoon. Hij viste het toestel uit zijn zak, keek wie er belde en gaf het door aan Regan. 'Het is Steve, de burgemeester,' zei hij. 'Zeg maar dat ik nu aan het rijden ben. En je kent me, ik ben iemand die altijd alles volgens de wet doet.'

'Daarom ben ik ook met je getrouwd,' reageerde Regan met een glimlach en ze nam de telefoon op. 'Hallo, Steve…' begon ze en toen kon ze alleen nog maar luisteren naar de stortvloed van woorden, die over haar heen kwam. 'Dat kan niet waar zijn!' kon ze er uiteindelijk tussen krijgen. 'We hebben naar muziek en de filemeldingen zitten luisteren, maar we hadden dus blijkbaar beter het nieuws kunnen aanzetten.'

Nora barstte van nieuwsgierigheid en schoot naar voren. Naast haar leunde Luke juist verder naar achteren. 'Ik hoor het wel als jullie behoefte hebben aan mijn advies,' zei hij lijzig.

Regan probeerde de wilde gebaren van Nora, dat ze de telefoon zo moest houden dat haar moeder mee kon luisteren, te negeren. 'Ja, Steve, we redden het zeker om om twaalf uur in de Branscombe Inn te zijn voor de persconferentie.'

'Persconferentie!' riep Nora uit.

'Rustig maar, schatje,' zei Luke kalm en hij trok zijn wenkbrauwen op toen hij Jacks geamuseerde blik in de achteruitkijkspiegel opving.

'Oké, Steve, probeer je niet al te druk te maken. Het Vreugdefestival wordt echt wel een succes, daar ben ik zeker van. We zien je straks in de Branscombe Inn.' Regan klapte de telefoon dicht. Toen leunde ze naar achteren in haar stoel. 'Pfoe! Ik ben zo moe, ik denk dat ik even een dutje ga doen.'

Nora wist niet hoe ze het had. 'Regan!'

Jack porde zijn vrouw in de ribben. 'Kom op, voor de draad ermee.'

'Nou... als het dan per se moet...' begon ze. 'Zoals jullie weten, begint het Vreugdefestival vanmiddag. Maar gisteravond heeft een groepje medewerkers van de plaatselijke supermarkt die voor de catering van het festival zou zorgen, de helft van de hoofdprijs, driehonderdzestig miljoen dollar, in de mega-megajackpot van de Powerballoterij gewonnen.'

'Daar gaan de pizzapuntjes,' mompelde Luke.

'En de aardappelsalade,' voegde Jack eraan toe.

'Willen jullie twee alsjeblieft even je mond houden, zodat Regan haar verhaal kan doen?' vroeg Nora, haar lach inhoudend. 'Regan, ga verder.'

'Om kort te gaan: het was een groepje van vijf collega's dat altijd meedeed aan de Powerballoterij. Maar deze keer heeft een van hen, op het allerlaatste moment, besloten niet mee te doen.'

'Wat een pechvogel,' verzuchtte Luke.

'De andere vier zijn van plan om de prijs met hem te delen, omdat het Powerbalgetal door hem was gekozen. Maar sinds gisteravond is de vijfde persoon spoorloos. Ze weten dat hij naar huis is gegaan – zijn auto staat op de oprit – maar hij is daar niet meer en hij beantwoordt zijn mobiele telefoon ook niet. Ze zijn bang dat hem iets is overkomen.'

'Wat erg,' merkte Nora op. 'Denken ze dat hij, toen hij besefte dat hij de prijs was misgelopen…' Ze stopte midden in haar zin, omdat ze niet hardop wilde zeggen wat iedereen dacht.

'Het wordt nog ingewikkelder,' ging Regan verder. 'Er was nóg een winnend lot, dat maar een paar dorpen verderop is gekocht. Sommige mensen vermoeden dat die vent, Duncan heet hij, stiekem tóch een lot heeft gekocht, nadat hij had geweigerd met zijn collega's mee te doen, en dat hij zich daar nu voor schaamt.'

'O, nou, dat is een ander verhaal,' zei Luke. 'Ik begon al medelijden met hem te krijgen, maar ik durf te wedden dat hij nu ergens op een tropisch eiland met een pina colada in de ene hand en het winnende lot in de andere zijn schuldgevoel ligt te verwerken.'

'Ja, dat zou de beste optie zijn,' zei Nora, terwijl de detectiveschrijver in haar alle mogelijkheden de revue liet passeren.

'Blijkbaar heeft het hele dorp het over de Powerballoterij in plaats van over het Vreugdefestival en bovendien heeft de televisieproducer vanmorgen zijn interview met Muffy en Steve afgezegd, omdat hij het te druk heeft met het verhaal over de loterij.'

'Geen interview met Muffy?' riep Luke uit. 'Jack, zorg maar dat we er snel zijn.'

'Pap, doe niet zo vals,' protesteerde Regan. 'Steve klonk erg uit zijn doen.'

'Volgens mij hoopte hij dat het Vreugdefestival hem prominent op de kaart zou zetten in New Hampshire,' suggereerde Jack.

'Nou, volgens mij wérkt het,' zei Luke lijzig.

'Ik denk dat Steve carrière wil maken in de politiek,' zei Jack. 'En Muffy ziet zichzelf al als de volgende Jackie Kennedy. Toen we nog op school zaten organiseerde Steve altijd al van alles. Zijn bijnaam was zelfs "Steve de regelneef".'

'O,' hoorden ze Regan opeens verschrikt uitbrengen. 'Ik denk er net aan. Kunnen jullie je voorstellen hoe Alvirah zal reageren als ze er lucht van krijgt dat er in Branscombe van alles aan de hand is.' Haar mobiele telefoon ging.

'Je hoeft niet te checken wie er belt, Regan,' reageerde Luke. 'Ik wed dat Alvirah er nét lucht van heeft gekregen.'

'Dat weet ik wel zeker,' beaamde Jack. 'En ook dat we haar nog vóór zonsondergang zullen zien.'

Hoofdstuk 7

Waar ben ik? schoot het door Duncans hoofd, toen hij zijn ogen opendeed. Wat is er gebeurd? Maar toen wist hij het weer: hij was van de trap gevallen en lag op de koude cementen vloer van de kelder in het huis dat die idiote oplichters hadden gehuurd. Door de smerige raampjes kon hij zien dat het nu licht was buiten en sneeuwde. Gisteravond had hij nog uren wakker gelegen, hongerig en met pijn in zijn lijf, gedwongen te luisteren naar de Winthrops, die hun loterijprijs aan het vieren waren. Toen ze eindelijk naar bed gingen, was hij zelf blijkbaar ook in slaap gesukkeld. En nu was hij wakker geworden door de geur van koffie, die door het rooster naar binnen kwam. Hetzelfde rooster waardoor hij die opschepperij over hun oplichterspraktijken had kunnen horen.

Ieder botje in Duncans lichaam deed pijn, maar zijn rechterbeen was veruit het ergste. Zou die gebroken zijn? Gisteravond, toen hij net was gevallen, had hij zijn been niet kunnen bewegen van de pijn.

'Koffie, Eddie?' hoorde hij van boven komen.

Daar gaan we weer, dacht Duncan. Knabbel en Babbel beginnen de dag. Ik moet hier weg, maar hoe?

'Nou, ik ben wel toe aan een bakkie,' hoorde hij Edmund. 'Plus een paar pijnstillers. Hoeveel bier hebben we in vredesnaam gedronken, gisteren?'

'Weet ik veel. Wat maakt het uit? Ik weet niet eens hoe laat we naar bed gingen.'

'Met al dat geld van ons zouden we nu in een paleis moeten zitten, met een butler die ons koffie inschenkt, in plaats van hier in deze rotzooi koffie te drinken uit een gebarsten kopje.'

'Dat duurt niet lang meer,' zei Woodrow sussend. 'Kun je je voorstellen wat opa nou van ons zou vinden? Hij altijd met zijn "er komt niets van jullie terecht".'

Opa had gelijk, dacht Duncan, terwijl hij zich moeizaam op zijn zij draaide, rechtop ging zitten en het haar uit zijn gezicht streek. Ik wil ook koffie. Hij likte zijn lippen. Zijn mond was kurkdroog. Wat ik helemaal lekker zou vinden is een groot glas versgeperste jus d'orange. En eieren met spek. Maar ik moet nu niet aan eten denken. Als die klootzakken besluiten naar beneden te komen, ben ik er geweest.

Woodrow bleef maar doorlullen. 'Ik wou dat we hier vandaag met de noorderzon konden vertrekken. Maar als we de laatste les volgende week laten zitten, gaan de mensen die voor onze geweldige adviezen hebben betaald, met elkaar zitten kletsen en komen ze erachter dat ze bijna allemaal in die oliebron hebben ingelegd. En dan komt de politie natuurlijk in actie.'

Duncan had het gevoel alsof hij een klap in zijn gezicht kreeg. Hij wist dat het belachelijk was, maar hij voelde zich voor de tweede keer verraden. Ik bén helemaal nooit het lievelingetje van de meester geweest, dacht hij, in de steek gelaten. Wat ben ik ongelofelijk stom geweest.

'We kunnen dan wel niet écht weggaan, maar waarom rijden we vandaag niet naar Boston om het te vieren? Misschien koop ik zelfs wel een cadeau voor mijn ex. Dat is pas wérkelijk een mooie kerstgedachte, niet?' Edmund barstte in lachen uit.

'Nou, die van mij krijgt niets. Ik kan er nog steeds niet over uit dat ze nooit op bezoek is geweest, toen ik in de nor zat,' zei Woodrow kil.

'De eerste keer kwam ze wel,' bracht Edmund zijn neef in herinnering.

'Ja, maar alles wat ze deed was klagen. Leuk bezoekje.'

Misschien ben ik straks wel gedwongen om mezelf te doden, dacht Duncan.

'Wat interesseren mij die wijven nou,' zei Edmund. 'Met al het geld dat straks uit onze zakken puilt, lopen de vrouwtjes ons achterna, Woodrow. En nu we het toch over onze toekomstige miljoenen hebben, als we vandaag naar Boston gaan, wat doen we dan met het lot? Denk je dat het veilig is om het mee te nemen?'

'Met al die zakkenrollers in het toeristenseizoen? Ben je gek. We kunnen het beter hier laten,' zei Woodrow overtuigd.

'Waar dan? En als het huis nou afbrandt, terwijl we weg zijn?'

'We leggen het in de vriezer.'

Duncans ogen werden groot en zijn hart begon sneller te kloppen. Hij hield zijn adem in en wachtte op Edmunds antwoord. Kom op, Edmund, dacht hij, ga voor de vriezer!

'De vriezer?' vroeg Edmund twijfelend. 'Ik weet het niet... misschien is het toch beter om het lot gewoon mee te nemen.'

'Nee,' kreunde Duncan. Hij dacht aan het roepende publiek bij spelshows. 'Nee, Eddie, nee. Ga voor de vriezer!' wilde hij wel schreeuwen.

'Het is de veiligste plek,' hield Woodrow vol. 'We doen het in een plastic zak. Ik heb genoeg verhalen gehoord over mensen die hun winnende lot kwijtraakten, omdat ze het bij zich hadden. Kun je je voorstellen hoe erg het zou zijn als dat gebeurt?'

'Dat is te erg om over na te denken,' antwoordde Edmund huiverend. 'Dan zou het leven met jou een hel worden!'

'Met mij? Kijk naar jezelf!'

Ze moesten allebei lachen.

'Oké, we leggen het in de vriezer,' stemde Edmund uiteindelijk in. 'Mooi toch, dat we de rechterlijke uitspraak aan onze laars hebben gelapt en toch een lot hebben gekocht. Volgende week, als we hier vertrekken, moeten we uit zien te vogelen waar we de boel kunnen cashen en wie dat uit onze naam zou kunnen doen. Maar daar hebben we een jaar de tijd voor.'

'Een jaar?' riep Woodrow. 'Ben je gek? Ik wacht geen jaar. En jij noemt jezelf financieel expert? Iedere dag dat we ermee wachten verliezen we rente.'

'Natuurlijk gaan we geen jaar wachten. We moeten het gewoon allemaal goed uitdenken… Hé, het is al bijna elf uur. Laten we gauw gaan douchen en zorgen dat we hier wegkomen. Ik krijg het op mijn zenuwen hier in dit huis. Geen wonder dat ze het wel een maand wilden verhuren.'

Toen ze een halfuur later weer de keuken binnenkwamen, had Duncan een plan bedacht. Als het zou lukken, zou dat hem voor de rest van zijn leven voldoening geven.

'Woodrow, niet zo in het zicht leggen,' zei Edmund geïrriteerd. 'Leg dat zakje maar onder die doos bevroren erwtjes.'

Bevroren erwtjes? dacht Duncan. Mijn verse smaken veel beter.

'Oké. Klaar. Ben je nu tevreden? Onder de doos erwtjes.'

Duncan hoorde de voordeur dichtslaan en de auto starten. Die zijn weg! dacht hij. Behalve het gegrom van de kachel, was het nu doodstil. Ik ben alleen in een huis met een lot dat honderdtachtig miljoen dollar waard is. De beste reden om van de vloer op te krabbelen. Hij reikte naar de leuning en deed zijn best zichzelf op te trekken, terwijl hij zijn hele gewicht op zijn linkerbeen probeerde te laten rusten. Voorzichtig raakte hij met zijn rechtervoet de vloer even aan en kromp in elkaar van de pijn. De geest regeert over het lichaam, dacht hij. Zich vastklemmend aan de leuning hees hij zich tree voor tree, op één been, de trap op. Boven maakte hij de deur open en hopte een paar meter verder naar de trap, die naar de keuken leidde.

Plotseling hield hij stil: een auto! Maar gelukkig reed die voorbij. Dat hadden zíj wel kunnen zijn, ik moet opschieten, dacht Duncan.

Ondanks het feit dat hij maar één been gebruikte, was hij in recordtijd de trap op en in de keuken. Geen wonder dat de eigenaar het hier niet kan verkopen, dacht Duncan, alles ziet er zo vervallen uit. Wat maakt het uit? vroeg hij zich af toen hij bij de stokoude vriezer was aangeland. Snel maakte hij de deur open en pakte met trillende vingers het pak erwten op. Vol afgrijzen besefte hij dat dit merk al tien jaar lang niet meer bestond. Maar toen zag hij de plastic zak waar het lot in moest zitten. Vlug pakte hij de zak uit de vriezer, draaide zich om en hinkelde naar de tafel, waar hij het lot uit het zakje haalde. Heel even keek hij naar de getallen – zíjn getallen – en trok toen zijn portefeuille uit zijn achterzak. Hij stopte het lot erin en pakte vol tederheid het lot dat Flower en hij op hun eerste afspraakje hadden gekocht uit het vakje ernaast. Hoewel Flower niet veel gaf om de loterij, was het leuk geweest om samen de getallen uit te kiezen.

'We hebben toen niet gewonnen,' zei Duncan voor zich uit, 'maar ik wist dat dit lot nog van pas zou komen.' Hij kuste het een, twee, drie keer en deed het toen in de plastic zak. Een paar seconden later legde hij de zak terug op de plek waar hij had gelegen, onder het pak erwtjes, dat al lang over de verkoopdatum heen was.

Plotseling hoorde hij een auto de oprit opdraaien en opeens schoot de adrenaline door zijn lijf. Het was al te laat om de kelder nog te kunnen bereiken. Als een haas hinkte hij de woonkamer in en dook weg achter een grote, uitgezakte stoel.

Ik ben er geweest, dacht hij. Als ze hadden besloten om niet naar Boston te gaan en thuis zouden blijven, zou hij zeker ontdekt worden.

De deur ging open. 'Oké,' klonk Woodrow geïrriteerd. 'Dat heb je nou al honderd keer gezegd. Het is geen goed idee om het lot hier te laten liggen.'

Duncan hoorde hem de vriezer openmaken. Zijn hart hield op met kloppen.

'Zie je, het ligt hier gewoon nog!' zei Woodrow. 'Ik doe het nu in mijn portefeuille. Of jíj doet hem in je portefeuille. Zeg het maar.'

'Geef maar hier,' zei Edmund kortaangebonden.

En opnieuw gingen ze de deur uit.

Het is gewoon een wonder, dacht Duncan, dat ze het nummer niet hebben gecontroleerd. Ik moet hier weg, naar huis en dan bedenken wat de volgende stap moet zijn. Ik wil dat de Winthrops ontmaskerd worden als oplichters, maar kan ze nu nog niet verraden. Als ik het nu doe verdwijnen ze óf in het niets, óf komen ze me vermoorden. En als ze verdwijnen, moet ik mijn hele leven op mijn hoede zijn voor hen. Straks kom ik nog in een getuigenbeschermingsprogramma terecht! Maar Flower en ik willen ons verdere leven hier in Branscombe doorbrengen.

Duncan verwachtte niet dat de neven nu nog een keer terug zouden komen en dus hees hij zichzelf omhoog. Toen hij de kast bij de voordeur voorbij wilde lopen, bedacht hij opeens iets. Misschien stond daar wel een wandelstok of een paraplu in, waarop hij zou kunnen leunen. En inderdaad kletterde er een oude bezem de kast uit, toen hij hem opendeed. Hij schroefde de steel eraf. Dat zou in ieder geval een béétje helpen.

Eenmaal buiten in de kou van New Hampshire, met een lot in zijn binnenzak dat honderdtachtig miljoen waard was, hobbelde en hinkelde Duncan het weggetje af. Ik hoop maar dat ik het haal om thuis te komen. Maar toen hij ongeveer drie straten verder was, hoorde hij een auto achter zich stoppen. Nerveus draaide hij zich om.

Het was Enoch Hippogriff, een oude vent met een verweerd gezicht, die regelmatig boodschappen kwam doen in de supermarkt. 'Duncan?' riep hij. 'Wat doe jij hier? Het hele dorp is naar je op zoek.'

Verbouwereerd maar ook opgelucht sleepte Duncan zich Enochs vrachtwagentje in. 'Hoezo zijn ze naar me op zoek?' zei hij. Hij vroeg zich af of Flower misschien de politie had ingeschakeld, toen hij haar niet had gebeld voor het slapengaan, iets wat hij iedere avond deed.

'Kom nou,' zei Enoch. 'Dat weet je best.'

'Nee, echt niet,' reageerde Duncan.

Enoch Hippogriff keek hem van opzij aan. 'Echt niet, hè? Ik zie het aan je gezicht. Je bent me er eentje, hinkelend met die stok in je hand. Duncan, je collega's hebben gisteravond de Powerballoterij gewonnen.'

'Echt waar?' riep Duncan uit, terwijl er van alles door zijn hoofd schoot. 'Maar dan hebben ze het Powerbalgetal gebruikt dat ik had gekozen.'

'Ja, dat hebben ze ook gedaan. En hoewel jij geen dollar betaald hebt, willen ze je toch je deel geven. Ik weet niet of ik zo aardig zou zijn geweest.'

Duncan moest flink met zijn ogen knipperen om de tranen weg te houden. 'Echt waar? Wauw! Ik kan niet geloven dat ze zó aardig zijn. Ze geven echt om me. Ik wil ze graag zien. Ik denk niet dat ze op het werk zijn... ik vraag me af waar ze dan wél kunnen zijn.'

'Ze zitten in de Branscombe Inn. Dat is het centrale punt voor de zoektocht naar jou. Als ze horen dat je bent gevonden...'

'Zou jij me nu daarheen willen brengen?' vroeg Duncan, terwijl hij zich afvroeg hoe hij zijn afwezigheid moest verklaren.

'Tuurlijk,' zei Enoch en hij gaf hem een klap op zijn arm. 'Kost je alleen wel duizend dollar.' Het geschater om zijn eigen grap eindigde in een hoestbui. 'Ach,' zei hij toen die weer over was, 'het is maar duizend dollar. Ik zou je veel meer moeten rekenen. Er zijn mensen die denken dat je verdween, omdat je het andere winnende lot had gekocht. Is dat niet idioot? Moet je hem nou zien!'

Duncan keek strak voor zich uit, terwijl Enochs ouwe vrachtwagentje de weg af hobbelde.

Dus zó voelt het de Powerballoterij te winnen, dacht hij.

Hoofdstuk 8

Horace Pettie en zijn assistente Luella legden de laatste hand aan de etalage die ze speciaal voor de festiviteiten hadden gemaakt. De zaken gingen niet geweldig de laatste tijd en dat werd er zeker niet beter op door de nadruk die het dorp nu legde op een eenvoudige, gezellige kerst.

'De boodschap die het Vreugdefestival wil uitdragen, is allemaal goed en wel,' merkte Horace op, 'maar een mens moet wel de kost kunnen verdienen.'

'Dat is waar, meneer Pettie,' viel Luella hem bij. 'Het was een briljant idee van u om een bedeltje te maken ter herinnering aan het festival. Volgens mij gaan die straks als zoete broodjes over de toonbank,' verzekerde ze hem.

'Ik vind ze echt wel mooi geworden, al zeg ik het zelf,' gaf meneer Pettie toe en hield er eentje in de lucht. Het was een gouden hulstkrans met de woorden 'Branscombes Vreugdefestival' ingegraveerd langs de rand. Pettie had ervoor gekozen om het woord 'eerste' of de datum er niet bij te zetten, voor het geval ze niet allemaal verkocht zouden worden. Als er volgend jaar weer zo'n festival kwam, kon hij deze bedeltjes altijd nog oppoetsen en opnieuw te koop aanbieden.

Horace Pettie, een kleine, kalende man van achtenzestig, woonde al zijn leven lang in Branscombe en was de enige juwelier in het dorp, net zoals zijn vader dat voor hem was geweest. Luella Cobb, een gezette blonde vrouw van midden vijftig, werkte nu al twintig jaar voor hem, sinds het moment dat haar jongste kind naar de middelbare school was gegaan. Het was het enige baantje dat ze ooit had gewild. Vanaf het moment dat Luella op haar vierde verjaardag een juwelendoosje met speelgoedsieraden had gekregen, was ze nooit meer zonder opsmuk de deur uitgegaan. Haar enthousiasme voor sieraden maakte haar tot een perfecte verkoopster voor Horace Pettie. 'Juwelen hoeven helemaal niet verschrikkelijk duur te zijn, als ze maar smaakvol zijn,' fluisterde ze rijke klanten altijd toe. En dan, zo zeker als de nacht volgt op de dag, trok ze een duur sieraad uit een van de laatjes tevoorschijn en bewonderde ze het ademloos met woorden als 'wonderbaarlijk' en 'prachtig', om te eindigen met de uitroep: 'Oh, het is gewoon voor u gemáákt.'

Horace legde het laatste gouden hulstkransje op een klein sleetje dat in de etalage stond en vervolgens stapten Luella en hij naar buiten om hun werk te bekijken. De etalage stelde een winterlandschap voor met daarin, aan rode linten, de festivalbedeltjes.

Pettie zuchtte. 'We hebben er een hoop werk aan gehad, en ik hoop dat het klanten naar de winkel trekt.'

Luella zette haar handen op haar brede heupen. Er verscheen een nadenkende uitdrukking op haar zwaar opgemaakte gezicht. Het was koud, maar ze waren eraan gewend om zo buiten te staan en hun pas veranderde etalage te beoordelen, dus geen van twee had er erg in. 'Meneer Pettie, ik heb een idee,' zei Luella langzaam, terwijl ze steeds opgewondener begon te klinken. 'Ik weet wel iets wat we nog toe kunnen voegen om de aandacht van de mensen te trekken.'

'Wat dan, Luella?' vroeg Pettie, als een muis die plotseling een stukje kaas ruikt.

Met een gelakte nagel tikte ze op de ruit. 'Duncans ring! Midden op de slee.'

'Maar ik kan Duncans ring toch niet verkopen!' protesteerde Horace.

'Nee, niet verkopen,' reageerde Luella ongeduldig. 'We zetten er een bordje bij met daarop: DUNCAN, KOM GAUW NAAR HUIS, WE MISSEN JE EN JE RING WACHT OP JE.'

Horace Petties ogen werden groot. 'Duncan is wel het gesprek van de dag, maar denk je niet dat het een beetje ontactisch over zou kunnen komen?'

'Absoluut niet!' beweerde Luella stellig. 'Het is juist een heel menselijk verhaal en bovendien betaalt tactvolle overgevoeligheid de rekeningen niet.' Ze draaide zich om en liep de zaak weer binnen.

Horace liep achter haar aan, voor de zoveelste keer verbaasd over Luella's creativiteit om klanten te lokken.

'Pakt u de ring uit de kluis,' beval Luella.

Horace aarzelde.

'Meneer Pettie, maakt u zich nou niet druk. Ik wed dat alles goed is met Duncan en hij dat andere winnende lot heeft, in welk geval hij nooit meer hier komt om die ring te halen.'

Horaces oren werden rood. 'Nadat ik die ring al die maanden voor hem heb vastgehouden.'

'Precies!' zei Luella. Ze maakte een wegwuivend gebaar. 'En als dat zo blijkt te zijn, verkoopt u die ring voor het dubbele. Ik zou hem zélf wel willen kopen, maar ik denk dat mijn man me dan vermoordt.'

Horace haastte zich naar achteren.

'Ik zal het bordje maken en dan bel ik Tishie Thornton,' riep Luella hem na. 'Als ik die vertel hoe vervelend we het vinden voor Duncan, dan is er binnen de kortste keren binnen een straal van honderd kilometer geen levend wezen meer te vinden dat níet weet over die ring in onze etalage. Met een beetje geluk staat hier voor de lunch nog een televisieploeg voor de deur.'

Hoofdstuk 9

Dit is waarschijnlijk het impulsiefste wat ik in mijn hele leven heb gedaan, dacht Flower, terwijl ze uit het raam van de bus keek, die ze vanuit Concorde in New Hampshire had genomen. Ze had de dagen afgeteld voor ze het vliegtuig zou nemen om samen met Duncan Kerstmis te vieren. Ze hadden allebei graag gehad dat ze er ook tijdens het Vreugdefestival zou kunnen zijn, ondanks het feit dat Duncan dan moest werken, maar ze hadden ook geweten dat dat een onverstandig besluit zou zijn. Ze zou de week daarop pas vakantie krijgen en de vluchten waren heel duur. Maar toen was eergisteren mevrouw Kane, uit het niets, naar haar toe gekomen en had haar een cheque van tweeduizend dollar in de hand gedrukt.

'Jimmy vindt het geweldig om naar de crèche te gaan, dank zij u,' had ze zachtjes over haar drie jaar oude zoontje gezegd. 'Hij is altijd zo ontzettend verlegen geweest, maar u hebt hem uit zijn schulp weten te krijgen. Neemt u dit alstublieft aan en trakteert u uzelf op iets heel speciaals.'

Flower had er niet lang over na hoeven denken wat dat heel speciale moest zijn – de kans Duncan te verrassen door opeens te verschijnen op het Vreugdefestival in Branscombe. Ze hoopte dat ze mocht helpen bij de catering, zodat ze het hele weekend in Duncans buurt zou kunnen zijn en de collega's waar hij het altijd over had, kon leren kennen. En de laatste paar maanden had hij haar al steeds hints gegeven dat hij een heel speciaal kerstcadeau voor haar had gekocht. Tegen beter weten in hoopte ze op een verlovingsring.

Flower had de vrijdag vrij kunnen nemen. En voor ze naar het vliegveld was vertrokken, die donderdagavond, had ze Duncan nog gebeld, maar hij had niet opgenomen. Niet op zijn mobiele telefoon en ook niet op zijn thuisnummer. Hij zal nog wel laat aan het werk zijn, had ze gedacht. Ze had een hekel aan liegen, zelfs al was het maar een heel klein leugentje om bestwil, maar dat had ze toch moeten doen om hem te kunnen verrassen.

'Ik ben er niet vanavond, want ik ga kerstinkopen doen. En mijn telefoon is bijna leeg. Tegen de tijd dat ik weer thuis ben, slaap je al, dus bel ik je morgenochtend. Ik hou van je, Duncan,' had ze ingesproken.

Als ze in de lucht zat kon hij haar natuurlijk niet bereiken en ze wilde niet dat hij ongerust zou zijn.

Tijdens de vlucht was Flower veel te opgewonden geweest om te kunnen slapen. Ze kon alleen maar denken dat ze met de seconde dichter bij Duncan kwam en Branscombe eindelijk voor de eerste keer zou kunnen zien. Toen ze om zes uur 's morgens landde op Logan Airport en haar mobiele telefoon weer aanzette, was ze teleurgesteld en verrast dat er geen berichtje van Duncan was. Hij stuurde haar constant berichtjes, zelfs als hij wist dat ze ze niet meteen kon afluisteren of lezen.

Anderhalf uur later, toen ze zat te wachten op de bus naar New Hampshire, belde ze hem. Maar hij nam nog altijd niet op. De moed zakte haar in de schoenen. Hij zou nu wel in de douche staan, dacht ze. Dus liet ze weer een berichtje achter en vroeg of hij haar terug wilde bellen. 'Ik weet dat je wel zult denken dat ik gek ben geworden,' grapte ze. 'In Californië is het nu half vijf 's morgens, maar ik ben klaarwakker. Ik vond het vervelend om je gisterenavond niet aan de telefoon te hebben gehad. Ik ga nu weer slapen, maar als je dit hoort, laat je dan even een berichtje voor me achter?' Ze zette haar telefoon weer uit. Ze kon hem natuurlijk niet aan de lijn hebben terwijl ze in de bus zat: stel dat er iemand bij haar in de buurt begon te praten.

Ze had de bus naar Concorde genomen en toen ze daar arriveerde, was ze overgestapt op de bus naar Branscombe. Nu ze bijna in Duncans dorp was, begon ze zenuwachtig te worden. Ze bleef maar checken of ze een berichtje had, maar hij had haar nog stééds niet geprobeerd terug te bellen.

Maak je nou niet druk om niets, vermaande ze zichzelf. Maar wat nou als Duncan helemaal niet op deze manier verrast wilde worden? Hij was altijd zo ordelijk en gepland. En om zomaar opeens voor zijn neus te staan, zonder dat hij haar eerste bezoek hier tot in de puntjes had kunnen voorbereiden, was misschien helemaal geen goed idee.

Terwijl de bus kilometers en kilometers wit besneeuwde weilanden passeerde, probeerde Flower zichzelf in te praten dat het heus wel goed zou gaan. En eindelijk zag ze dan het bordje Branscombe. Ik weet zeker dat ik het hier heerlijk zal vinden, dacht ze. Bij het busstation was zij de eerste die uitstapte. Meteen zette ze haar telefoon weer aan. Nog steeds geen berichtje. Ongerust liep ze naar het damestoilet om zich op te frissen.

Nou begrijp ik dat ze deze vlucht de rode-ogenvlucht noemen, dacht ze spijtig, terwijl ze in de spiegel zag hoe moe ze eruitzag. Ze poetste haar tanden, gooide wat water over haar gezicht, maakte zich opnieuw een beetje op en kamde haar haar. Ik zie er zeker niet op mijn voordeligst uit, dacht ze, maar dat kan me niets schelen en ik denk dat Duncan het ook niet erg vindt.

Op de computer had ze het adres van de supermarkt en de route erheen opgezocht. De winkel was maar een paar straten verderop. Ze stapte het busstation uit en sloeg rechts af. Ze wist dat de hoofdstraat daar ergens moest liggen. Ze begon te lopen en genoot van het krakende geluid van de sneeuw onder haar sneakers. Op de hoek bleef ze stilstaan. De hoofdstraat zag er precies zo gezellig uit als ze zich had voorgesteld.

Ouderwetse straatlantaarns, een stelletje keurige winkels en een rij versierde kerstbomen langs de stoeprand. Het leek wel een ansichtkaart. Duncan had haar verteld dat de kerstverlichting in die bomen aan zou gaan als de Kerstman door de straat zou rijden op het moment dat het Vreugdefestival werd geopend. Toen ze naar links keek, glimlachte ze vertederd bij het zien van een jonge vrouw die een baby uit de wandelwagen in het autozitje zette. Dat wil ik ook binnenkort, dacht Flower. Ze liep voorbij een drogisterij en een makelaar, en toen zag ze aan de overkant van de straat een vrouw en een man op de stoep staan die de etalage van een juwelier stonden te bekijken. Die werken daar, dacht ze – ze hadden geen van tweeën een jas aan. Op dat ogenblik haastten ze zich de winkel weer in. Als Duncan écht een ring voor me heeft gekocht, zou dat dan daar zijn geweest? vroeg ze zich af. En plotseling voelde ze weer die knagende ongerustheid vanbinnen: waarom had hij nog niet gebeld?

Uiteindelijk kwam ze aan bij de zaak waar Duncan werkte. De supermarkt was groter dan ze had verwacht, maar had nog steeds het uiterlijk van een van-alles-en-nog-watwinkel uit de negentiende eeuw. De buitenkant was roodgeverfd, met zwarte details. En boven de pui stond: CONKLINS SUPERMARKT – WELKOM.

Maar toen Flower naar binnen liep, was de sfeer allesbehalve verwelkomend. Aan de rechterkant stonden lange rijen voor de kassa's. De caissières riepen constant naar elkaar om de juiste prijs te vragen. Het leek wel of iedereen die ze zag, heel chagrijnig was.

Duncan had haar verteld dat de versproducten in een supermarkt altijd tegen een wand hoorden te liggen. En er waren geen groenten en fruit in de buurt van de ingang te zien, dus begon ze langs de gangen naar de andere kant van de supermarkt te lopen. Ik zeg alleen maar even gedag en vraag dan de sleutel van zijn huis, dacht ze nerveus. Maar toen ze de hoek omging naar de groente- en fruitafdeling, was Duncan nergens te bekennen. Er stond een vrouw met een witte streep in haar haar te schreeuwen tegen een jongen die niet ouder dan twintig kon zijn. De hele vloer lag vol appels, sommige rolden nog steeds alle kanten op.

'Wat is hier aan de hand?' schreeuwde de vrouw.

'Ik denk dat ik de appels te hoog had opgestapeld.'

'Ik denk het ook! Oprapen, terugleggen en die bananen uitpakken. En kijk die druiven nou! Ik zei dat je ze nat moest maken, niet dat je ze moest verdrinken.'

O, mijn god, dacht Flower. Dat moet de vrouw van de eigenaar zijn, die ze het stinkdier noemen. Waar was Duncan toch? Er moest iets aan de hand zijn.

'Neem me niet kwalijk,' begon ze vlug. 'Is Duncan Graham hier ook ergens?'

Als blikken konden doden... De ogen van de vrouw schoten vuur en ze snauwde: 'Ben je gek geworden? Waar heb jij gezeten? Onder een steen of zo? Gisteravond heeft hij miljoenen in de loterij gewonnen met vier andere grappenmakers die hier werkten. Die komt hier nooit meer terug. Ondankbare hond!'

En beledigd draaide ze zich om.

Flower had het gevoel of ze een stomp in haar maag had gekregen en plotseling stonden er tranen in haar ogen. Waarom heeft hij me niet gebeld? vroeg ze zich wanhopig af. Het eerste wat ik zou hebben gedaan als ik de loterij had gewonnen, als ik er ooit aan mee zou hebben gedaan, was hem bellen. Maakt niet uit hoe laat, ik zou hem meteen hebben gebeld. We belden elkaar de hele tijd over de kleinste dingetjes... En al heeft hij misschien gedacht dat mijn batterij leeg was, een boodschap inspreken kon nog altijd.

Plotseling drong het tot haar door: hij heeft me niet gebeld omdat hij, toen hij besefte dat hij de loterij had gewonnen, dacht dat hij wel een betere partij zou kunnen krijgen dan ik. Mijn moeder had gelijk. Die laat altijd alles rustig op zich afkomen, maar ze heeft me op het hart gedrukt om het rustig aan te doen met iemand die je kent via internet en die drie-duizend kilometer van je vandaan woont...

'Flower,' had haar moeder gezegd, 'je hebt zijn vrienden en familie nog niet ontmoet en je bent ook nog niet bij hem thuis geweest. Wees voorzichtig.'

En ook schoten de woorden van haar overleden groot-moeder door haar hoofd: 'Je moet iemand een jaar kennen, voordat je serieus wordt met elkaar.'

Duncan en zij hadden elkaar pas zeven maanden geleden ontmoet.

Wat ben ik stom geweest, dacht Flower, terwijl ze zichzelf langs de supermarktkarretjes in de rij voor de kassa's wrong. En ik dacht dat ik hem kende. Eergisteren zei hij nog dat hij niet meer mee zou doen aan de Powerballoterij, zijn finan-cieel adviseurs hadden gezegd dat het geldverspilling was. Waarom is hij dan toch van gedachten veranderd?

Het was een opluchting om weer buiten te zijn. Flower wist dat als er iemand goed naar haar keek, te zien was dat ze huil-de. Ik ben ook zo moe, besefte ze, terwijl ze haar rugzak over haar schouder hing en terug naar het station begon te lopen. Misschien moet ik wel uren wachten op de bus naar het vlieg-veld. Ze merkte dat een oudere vrouw haar vriendelijk aan-keek, toen ze elkaar passeerden. Straks draait ze zich om en vraagt ze of er iets aan de hand is, dacht Flower. Ik moet hier van die hoofdstraat weg. Dus sloeg ze snel een zijstraatje in, liep langs een parkeerplaats en kwam in een rustig laantje te-recht.

Aan de overkant van de straat zag ze een groot, enigszins verwaarloosd wit huis, met daarop een bord met de tekst: HET SCHUILHOEKJE – HOTEL. Dat is precies wat ik nodig heb, dacht ze. Ik kan nog niet terug, ik moet eerst bijkomen.

Ze beet op haar lip, veegde haar tranen weg en stak de straat over. Een bordje op de voordeur vertelde dat je moest bellen en dan gewoon naar binnen mocht lopen. Ik hoop maar dat ze niet vol zitten, dacht ze, terwijl ze op de bel drukte, de voordeur doorging en in een kleine foyer terechtkwam. Op de receptiebalie stond een elektronische Kerstman te buigen en te zwaaien. Links lag een zitkamer met een grote open haard, met comfortabele banken, een gehaakt kleed en een enorme kerstboom, die versierd was met lichtjes, kerstballen en slingers. Het enige geluid was het tikken van een ouderwetse klok. Toen hoorde ze voetstappen haastig haar kant op komen en een stem die riep: 'Ik ga wel, Jed.'

Een moederlijke vrouw, met haar grijzende haren bijeengehouden in een losse knot, begroette Flower hartelijk, terwijl ze haar handen aan haar schort afveegde. 'Hallo. Ben je hier voor het Vreugdefestival?'

'Uhm, ja... Maar ik kan maar een nachtje blijven.'

'We hebben nog een kamer over. Het is er rustig en hij ligt aan de achterkant. Maar ik moet je wel waarschuwen: we hebben geen televisie, radio of internet.' Ze lachte. 'Heb je nog steeds interesse?'

'Nog meer,' antwoordde Flower, terwijl het haar lukte om te glimlachen.

Nadat ze haar paspoort en creditcard had overhandigd, verwachtte Flower de reactie op haar naam die ze gewoonlijk kreeg. Maar de vrouw zei zonder enige verbazing: 'Zo, je komt dus uit Californië.' Er werd een afdruk van haar creditcard gemaakt op een apparaatje dat Flower al jaren nergens meer had zien gebruiken. 'Ik heet Betty Elkins. Mijn man, Jed, en ik zijn de eigenaars hier. Als er iets is wat we kunnen doen om je verblijf hier te veraangenamen, geef maar een gil. Er is hier altijd tenminste één van ons in huis. Om drie uur serveren we thee in de zitkamer, met eigengemaakte scones met room.' Ze was even stil. 'Heb je helemaal in Californië over het festival hier gehoord?''

'Ja,' knikte Flower, terwijl ze bedroefd aan al haar gesprekjes met Duncan dacht. Ze voelde dat Betty Elkins nog meer wilde vragen, maar gelukkig verscheen haar man bij de balie. De mouwen van zijn groene flanellen hemd waren opgerold en onthulden een paar sterke armen. Hij had bretels aan en een bandana om zijn nek geknoopt.

Betty keek hem even aan. 'We zitten vol, schat,' zei ze opgewekt en ze richtte zich weer tot Flower. 'Mag ik je bij je voornaam noemen?' vroeg ze.

'Natuurlijk.'

'Flower, dit is mijn man, Jed.'

De grijze man met dikke borstelige wenkbrauwen schudde haar hand. 'Ik ben hier om je bagage naar boven te dragen, maar zo te zien heb je alleen maar een rugzak?'

'Ja, dat is alles,' zei Flower schouderophalend, terwijl hij de tas van haar overnam.

'Laat jij haar de kamer zien, Jed, ik moet terug naar mijn kerstkoekjes. Die zijn zo onderhand klaar.'

Jed ging Flower vóór de trap op en een gang door, naar een gezellige kamer met geel gebloemd behang, een bed met een gele quilt erover, een schommelstoel, een nachtkastje en een dressoir. 'Deze kamer is perfect voor een meisje met jouw naam,' merkte hij op, terwijl hij haar rugzak op de stoel zette. 'Ik hoop dat het je hier bevalt.'

'Vast wel. Dank u wel.' Toen Flower de deur achter hem dichtdeed, draaide ze hem meteen op slot, gooide haar jas op de stoel, liet zich op het bed vallen en schopte haar sneakers uit.

Ik heb me nog nooit zo vreselijk alleen gevoeld, dacht ze. Ik dacht echt dat Duncan van me hield. Maar als hij mij nog had gewild nadat hij al dat geld had gewonnen, had hij zeker al gebeld. Ze zette haar mobiele telefoon uit, legde haar hoofd op de donzige kussens en viel meteen in een diepe, duistere slaap.

Hoofdstuk 10

Het was kwart voor twaalf toen de vier Reilly's de oprit van de honderd jaar oude Branscombe Inn opreden. Er stonden zeker zes televisiewagens in een rij bij de ingang.

'Nou, die persconferentie krijgt nogal wat media-aandacht, zo te zien,' merkte Nora op.

'Ja, zeg dat wel,' zei Regan instemmend. Haar aandacht werd getrokken door een man van een jaar of veertig, met een kalend hoofd en een rood aangelopen gezicht. Hij was gekleed in een spijkerbroek en een dik jack en had laarzen aan, en hij stond voor de camera woedend en met veel opgewonden gebaren zijn verhaal tegen een verslaggever te vertellen. 'Kijk eens naar die vent daar. Ik vraag me af wat voor verhaal hij ophangt. Het lijkt me niet dat hij een van de winnaars is.'

'Misschien is hij dat wél en heeft hij net ontdekt hoeveel van zijn prijs naar de belasting moet,' merkte Luke droogjes op.

Jack stopte voor de ingang van het hotel. 'Ik pak gauw een kaart voor de bagage. En zullen we dan vlug uitladen en naar binnen gaan? Steve en Muffy zijn vast al naar ons op zoek.'

Zodra ze de lawaaierige lobby binnenstapten, zagen ze hun gastheer en -vrouw al aan de andere kant van de ruimte staan. 'Wat een mooi stel is het toch,' mompelde Nora. 'Dat helpt zeker bij hun campagne.'

'Gelukkig, jullie hebben het gehaald!' riep Muffy, terwijl ze op hen af kwam rennen. Haar schouderlange blonde haar was perfect geverfd en werd bijeengehouden door een groen-rode strik. En een broche in de vorm van een arrenslee sierde de revers van haar groene mantelpakje.

Donkerharige, bruinogige Steve stond achter haar, gekleed in een krijtstreeppak, hagelwit overhemd en een das in dezelfde groen-rode streep als de strik in Muffy's haar. 'Hé, man, blij dat jullie er zijn,' zei hij tegen Jack, terwijl hij hem broederlijk omhelsde. Even verscheen er een glimlach op zijn gezicht, maar die verdween weer snel en maakte plaats voor een bezorgde frons. Na Jack begroette hij de rest van het gezelschap ook uiterst hartelijk. 'Ik hoop dat jullie een goede reis hebben gehad.'

'Ik ook,' viel Muffy hem snel bij, zodat ze klaar was met alle beleefdheidsfrasen. 'Nora,' smeekte ze. 'Je móét me helpen om het Vreugdefestival weer vlot te trekken. Iedereen heeft het alleen maar over die stomme loterij. En die vreselijke producer, Gary Walker, heeft niet alleen het interview met ons afgezegd, maar probeert nu ons dorp ook nog eens belachelijk te maken.'

'We zagen buiten een man geïnterviewd worden die er nogal boos uitzag,' begon Nora. 'Hij had een jack aan en een spijkerbroek...'

'Dat is Harvey. Zijn ex-vrouw, Glenda, is een van de winnaars. Ze zijn ongeveer drie maanden geleden gescheiden,' zei Muffy.

'Dus zijn ex-vrouw is nu multimiljonair?' vroeg Jack. 'Geen wonder dat hij er niet gelukkig uitziet. Ik wed dat hij nu spijt heeft als haren op zijn hoofd dat hij haar in de steek heeft gelaten.'

'Maar Glenda niet,' merkte Steve op. 'Die vent is een enorme klootzak.'

'En wat is het verhaal over die arme man die vermist wordt?' vroeg Nora.

'We weten nog steeds niet waar Duncan Graham uithangt,'

zei Steve. 'Er is al de hele ochtend naar hem gezocht. Maar die producer loopt steeds te verkondigen dat Duncan degene wel zal zijn die het ándere winnende lot heeft gekocht en nu maar snel verdwenen is hier. Iedereen in het dorp heeft het erover: er worden zelfs weddenschappen over afgesloten. En de laatste ontwikkeling is dat de plaatselijke juwelier een ring in de etalage van zijn winkel heeft gelegd waar Duncan zes maanden geleden een aanbetaling op heeft gedaan en die hij vóór Kerstmis zou komen kopen. De mensen denken dat Duncan is opgehaald door een vriendin en dat ze er samen vandoor zijn.'

'Het is toch ongelofelijk dat dit nú gebeurt, precies op het moment dat we ons Vreugdefestival hadden gepland?' vroeg Muffy met grote ogen. 'Ik vind van wel,' stemde ze met zichzelf in.

Die gaat duidelijk voor de vriendinnetjestheorie, dacht Regan.

'Luister,' zei Steve, met een blik om zich heen en gedempte stem. 'Het stikte hier vanochtend van de pers, toen eenmaal bekend was geworden wie de loterij had gewonnen, dus leek het mij een goed idee om een persconferentie te beleggen, zodat alle journalisten in één keer hun foto's en verhalen bij elkaar kunnen sprokkelen.'

Ik wed dat dat Muffy's idee was, dacht Regan. En ik weet zeker dat ze ervoor zal zorgen dat ze in beeld komt. Die bij elkaar passende outfitjes laat ze echt niet zomaar ongebruikt.

'Ik open met een kort speechje,' ging Steve verder. 'Daarin stel ik de loterijwinnaars allemaal voor en dan is er tijd voor een aantal vragen. Daarna neem ik het woord weer en vestig ik de aandacht op het Vreugdefestival en al de leuke dingen die er voor dit weekend gepland staan, zoals Nora Regan Reilly, die boeken signeert.'

Maar de pers is alleen maar geïnteresseerd in de loterijwinnaars, dacht Regan. Steve en Muffy worden er gewoon uitgesneden en eindigen straks op de vloer van de montageruimte.

'Dus Nora, als je het niet erg vindt, zou ik jou graag introduceren zodra de winnaars de vragen hebben beantwoord. Misschien kun je dan ook iets zeggen over het Vreugdefestival,' stelde Steve voor.

'Natuurlijk,' antwoordde Nora gehoorzaam.

Steve wenkte een van de mensen van de receptie. 'Dit zijn onze gasten – de Reilly's,' zei hij haastig. 'Wilt u ervoor zorgen dat hun bagage naar de kamers wordt gebracht?' Toen pakte hij Muffy's hand en liep met de Reilly's achter zich aan naar een grote zaal die grensde aan de lobby.

'Pas op de kabels,' waarschuwde Steve, terwijl ze de zaal binnengingen. 'Ze liggen werkelijk overal.'

Alle meubels waren tegen de achtermuur geschoven. Er stonden rijen en rijen klapstoeltjes, die al bijna allemaal bezet waren. De camera's waren op de andere kant van de zaal gericht, waar twee mannen en twee vrouwen zaten. Een vijfde stoel, in het midden, was leeg.

'Dat zijn de winnaars,' zei Steve.

Ze zagen er eerder uitgeput dan door het dolle uit, dacht Regan, terwijl ze hen bekeek. Aan de dunne zwarte draadjes die aan de vier mensen op het podium vastzaten, kon ze zien dat hun microfoons al waren geïnstalleerd. De twee mannen, een van ergens in de twintig en de andere van middelbare leeftijd, fluisterden iets tegen elkaar. Een oudere vrouw probeerde de ruches van haar roze bloes plat te drukken, die haar kin voor de helft bedekten. Maar het was de overduidelijk ongeruste uitdrukking op het gezicht van de andere vrouw, die Regans aandacht trok. Ze is écht bezorgd, dacht Regan.

Steve liep met de Reilly's naar de tafel en stelde hen vlug aan de winnaars voor. Marion klaarde helemaal op, toen ze Nora de hand schudde.

'Nora Regan Reilly, ik vind uw boeken echt fantastisch! U moet óns verhaal eens een keer opschrijven...'

Regan sprak even met Glenda. 'U zult zich wel zorgen maken over uw collega.'

'Ja,' gaf Glenda toe.

'Ik ben privédetective en mijn man is hoofd Bureau Ernstige Delicten in New York. We willen met alle plezier helpen hem te vinden.'

Glenda's blik werd wat minder somber. 'Dank u wel. We hebben de hele ochtend naar Duncan gezocht, maar toen was het tijd om ons klaar te maken voor de persconferentie. We hadden de burgemeester beloofd òm er te zijn.'

'Wanneer besefte u dat hij vermist was?' vroeg Regan, en vroeg zich af of Glenda wist dat haar ex-man buiten een interview stond te geven.

'Gisteravond, zodra we wisten dat we hadden gewonnen, heb ik Duncan gebeld, maar ik kon hem niet bereiken. En vanmorgen zijn we om kwart over zeven gestopt bij zijn huis, op weg naar de winkel om het lot te valideren, maar hij deed niet open. We dachten dat hij misschien een paar biertjes te veel had gedronken, om het te vieren, en uit wilde slapen. Gisteren hoorden we dat we geen kerstbonus zouden krijgen en daardoor was hij echt van streek op het moment dat hij wegging van het werk. Dus toen we vanmorgen bij de krantenwinkel waren geweest en ons lot hadden laten verifiëren, zijn we weer terug naar zijn huis gereden en toen deed hij nóg niet open. We hebben eerst een hele tijd op de deur staan bonzen en zijn naam geroepen. Maar toen zag Tommy dat de sleutels nog in de auto zaten. Zijn huissleutel zat ook aan die bos en we besloten om die te gebruiken en naar binnen te gaan, voor het geval hem iets was overkomen. Ik vond het heel vervelend om daar zomaar binnen te stappen…'

'Ja, maar ik zou toch hetzelfde hebben gedaan als ik me zorgen maakte om een vriend,' zei Regan. 'Het feit dat die sleutels nog in het contact zaten, zou me echt zorgen baren.'

'Ja, dat vond ik nou ook!' Glenda schraapte haar keel. 'De televisie stond aan, de lichten waren allemaal aan, zijn bed zag er niet beslapen uit, er was geen enkel teken dat hij had gedoucht en er vroeg op uit was gegaan.' Haar stem stierf langzaam weg. 'Toen hebben we de motor van zijn auto proberen te starten, maar dat lukte dus niet. Ik denk dat hij gisteravond heeft geweten dat de hoofdprijs op óns lotnummer was gevallen en dat hij er zó ontzettend van baalde dat hij nou net deze keer niet had meegespeeld, dat hij het huis uit moest en toen ontdekte dat zijn auto niet wilde starten. Waarschijnlijk is hij toen gaan lopen, maar heeft hij onderweg een ongeluk gehad, of misschien wel een hartaanval. Ik weet zeker dat hij dat andere lot niet heeft gekocht,' zei ze, haar ogen vol vuur. 'Maar Tommy en Ralph denken dat er gewoon niets aan de hand is en dat hij, als hij dat andere lot níét had, gewoon op het werk zou zijn geweest. En nu zijn ze weer boos op mij, omdat we hem als een van de winnaars van óns lot hebben genoemd. Als ooit blijkt dat Duncan inderdaad dat andere winnende lot incasseert, vermóórden ze me. Ik ben degene die met het voorstel kwam Duncan gewoon mee te laten delen in de prijs, ondanks het feit dat hij deze keer te zuinig en te koppig was geweest om die ene, lullige dollar in te zetten.'

O, god, dacht Regan. Alvirah kan hier maar beter héél snel arriveren! Ze heeft op zijn minst vier nieuwe kandidaten voor haar Steungroep voor Loterijwinnaars.

Steve keek op zijn horloge. 'Het is twaalf uur. We moeten beginnen.' Hij gebaarde naar de Reilly's dat ze moesten gaan zitten op de stoelen die hij op de eerste rij voor hen had vrijgehouden. Toen liep hij naar het podium en haalde een opgevouwen papier uit zijn binnenzak. Met Muffy naast zich, tikte hij op de microfoon om het publiek tot stilte te manen.

'Welkom allemaal op Branscombes eerste, hopelijk jaarlijks terugkerende, Vreugdefestival. Ik ben burgemeester Steve Patton en dit is mijn vrouw, Muffy.'

'Hallo, allemaal,' begon Muffy giechelend, terwijl ze haar hoofd naar de microfoon boog. 'Ik kan u niet vertellen wat een eer en een plezier het voor mij is om de burgemeestersvrouw van Branscombe te mogen zijn. Branscombe is zo'n bijzonder dorp. Voor de mensen die hier niet wonen: we willen u allen van harte welkom heten en hopen dat iedereen het hele festival hier zal blijven. We beloven u een hartverwarmende, geweldige ervaring...'

'Dank je, Muffy,' onderbrak Steve haar.

Muffy stak haar wijsvinger op. 'Nog één ding, schat. Er zijn nog steeds kaartjes te koop voor het gezamenlijke diner morgenavond én voor het ontbijt op zondagochtend. En zo'n kaartje geeft u meteen toegang tot de film *It's a Wonderful Life*, die non-stop gedraaid zal worden in de gewelven onder de kerk. Vinden jullie dat ook geen geweldige film? Ik moet iedere keer als ik hem zie wéér huilen...'

Regan vond het grappig om te zien hoe Steve blééf glimlachen, terwijl hij de microfoon weer aan zijn vrouw probeerde te ontworstelen.

'Ja, dat vind ik ook: een geweldige film,' beaamde Steve. 'En nu wil ik u graag voorstellen aan onze loterijwinnaars, die het levende bewijs zijn van het feit dat Branscombe niet alleen een gezellig stadje is, maar ook onder gelukkig gesternte valt, een stadje waar mensen om elkaar geven en blij zijn voor de ander als die in de prijzen valt. Die vijfde stoel daar in het midden is gereserveerd voor Duncan Graham, de collega die deze winnaars zo gul mee willen laten delen in die enorme som geld, hoewel hij, dankzij het advies van zijn financieel adviseurs, besloot deze week níét mee te spelen.' Steve lachte. 'Ik zou wel eens willen horen wat voor ándere adviezen die adviseurs nog hebben!'

'Hoe heten ze?' riep een van de verslaggevers.

'Dat weet ik niet,' antwoordde Steve. 'Maar die informatie zullen we op een later tijdstip bekend maken. Maar laat ik nu deze vier voormalige werknemers van de supermarkt – die tussen twee haakjes de catering van het Vreugdefestival verzorgt – aan u voorstellen.'

Terwijl de burgemeester hun naam noemde, stonden de winnaars op en zwaaiden naar het publiek. Toen ze allemaal weer zaten, richtte Steve zich tot de zaal: 'U kunt nu vragen stellen.'

Er schoten verschillende handen de lucht in. Steve wees een jonge vrouw op de tweede rij aan.

'Is het waar dat u de ingelijste foto's die de Conklins u als kerstcadeau hadden gegeven, vanmorgen bij elkaar gebonden op de stoep voor de supermarkt hebt achtergelaten met een briefje eraan waarop "we nemen ontslag" stond?' vroeg de vrouw met haar notitieblok in haar hand geklemd.

'Ja, dat klopt,' antwoordde Marion trots. 'Dat was mijn idee.'

'Vond u dat een leuke manier om het Vreugdefestival te beginnen?' riep een andere verslaggever. 'U bent schijnbaar, of moet ik zeggen wás, hun belangrijkste medewerkers. Zou het niet een mooi gebaar van samenwerking en collegialiteit zijn geweest wanneer u dit weekend nog voor Conklin had gewerkt, zeker nu ze uw hulp wel kunnen gebruiken bij de catering voor het Vreugdefestival?'

'Het zou een teken van collegialiteit zijn geweest wanneer Conklin ons de kerstbonus had gegeven die we terecht ver-wachtten,' merkte Ralph kwaad op. 'Ik kan u één ding ver-tellen. Wij zouden daar nu allemaal, stuk voor stuk, aan het werk zijn geweest, of we nou de loterij hadden gewonnen of niet, als zíj ons fatsoenlijk hadden behandeld.'

O, god, dacht Regan. Het Vreugdefestival begint goed.

Er stond een andere verslaggever op. 'We hebben begre-pen dat uw afwezige collega zes maanden geleden een aan-betaling op een ring heeft gedaan bij juwelier Pettie hier in Branscombe. Weet een van u of hij een vriendin heeft?'

Ze schudden allemaal hun hoofd.

'Tja,' reageerde de verslaggever. 'Dan moet ik u dit wel vra-gen: denkt iemand van u dat uw collega, of misschien wel de-gene voor wie de ring bestemd was, het ándere winnende lot heeft gekocht?'

Ralph en Tommy keken elkaar aan en staken allebei hun hand op. 'Nú wel, ja,' zeiden ze allebei tegelijk.

Marion leek van haar stuk gebracht. Eerst beet ze op haar lip en begon toen met haar handen te wapperen, als signaal dat ze gewoon niet wist wat ze ervan moest denken.

Maar Glenda sprong op en riep heftig: 'Nee! Dat zou hij nooit doen, ons op die manier belazeren. Ik ben heel bang dat hem iets is overkomen.'

'Dat klopt!' riep Duncan vanachter uit de zaal.

Het publiek, ontzet, draaide zich als één man om en zag een ongeschoren, slonzige man, met zijn rechterhand om een splinterige houten stok, naar de microfoon komen hinken. 'Ik ben woedend dat iemand, vooral Ralph en Tommy, dacht dat ik achter de rug van mijn vrienden een lot zou hebben gekocht!' schreeuwde hij. 'Ik heb dat andere lot níet gekocht! Dat zwéér ik!' Zijn stem trilde toen hij eindelijk bij het podium was aangeland en zich omdraaide naar het publiek.

'Ik wist het, Duncan!' riep Glenda hem toe.

'En wat ik nog erger vind! Dat bijzondere moment in het leven van een man als hij zijn vriendin ten huwelijk vraagt, is nu voor mij geruïneerd! Ik vind het walgelijk dat de juwelier in dit plaatsje mijn privacy heeft geschonden ten gunste van zijn eigen gewin!'

En na die krachtige uitspraak, zakte Duncan van vermoeidheid, honger en pijn in de armen van de burgemeester in elkaar.

Hoofdstuk 11

Al een uur onderweg naar Boston, barstten Edmund en Woodrow nog steeds van opwinding. Niet te geloven, wat een fantastische gelukstreffer!

Woodrow zat aan het stuur van een gehuurde auto. 'Donkergrijs, niets opvallends,' hadden ze tegen de verhuurder gezegd. Allebei hadden ze eigenlijk een peperdure Mercedes, maar dat hoorde natuurlijk niet bij het zuinige beeld dat de cursisten van hen moesten hebben.

Nu waren ze een wedstrijdje aan het doen wie de meeste woorden kon verzinnen om al die miljoenen die ze hadden gewonnen te omschrijven.

'Honderdtachtig miljoen pegels!' zei Woodrow.

'Honderdtachtig miljoen klinkende munt!' stelde Edmund ertegenover.

'Honderdtachtig miljoen penningen!'

Af en toe herinnerde de altijd voorzichtige Edmund Woodrow eraan dat hij wat rustiger moest rijden. 'We kunnen wel op een glad stuk weg terechtkomen en een ongeluk krijgen. En we hebben echt veel te veel om voor te blijven leven!'

'Mijn chauffeursblazoen is smetteloos,' protesteerde Woodrow.

'Jammer dan dat dat andere blazoen niet zo smetteloos is,' reageerde Edmund droog.

Woodrow barstte in lachen uit. 'De pot verwijt de ketel dat

hij zwart ziet. Dat van jou is net zo min smetteloos als het mijne. Godzijdank kunnen we ons vanaf nu keurig gaan gedragen. Maar ik zal het missen: manieren verzinnen om mensen op te lichten.'

'Ja, ik ook. Maar het is het risico niet waard. Die rechter dreigde ons voor eeuwig achter de tralies te zetten, als we ooit nog eens opgepakt zouden worden voor zwendel.'

'Ik wou maar dat we niet terug hoefden naar Branscombe voor die laatste cursusavond.'

'Dacht je dat ík het leuk vind? Maar als we niet komen opdagen voor die cursus, vinden onze studentjes dat waarschijnlijk erg vreemd. En dan gaan ze nadenken, erover kletsen en komen ze er waarschijnlijk achter. Op deze manier kunnen we allemaal apart afscheid van hen nemen en ze een wekelijks rapport over de oliebron beloven, tot we het lot kunnen innen en met de noorderzon verdwijnen.'

Woodrow was even stil. 'Edmund, ik heb een plan,' begon hij toen.

'Ik luister.'

'We hebben gezeten voor onze andere oplichtingen. Waarom zuiveren we onze naam niet nu? Wat vind je ervan de cursisten in Branscombe volgende week hun geld terug te geven? Wij hebben het niet meer nodig. We kunnen ze zeggen dat die oliebron toch niet zo'n zekere belegging is als ze ons probeerden te laten geloven en dat we contact met ze houden over toekomstige investeringen waarvan we denken dat ze het overwegen waard zijn. Op die manier hoeven we nooit meer bang te zijn dat de politie ons op het spoor komt.'

Edmund fronste zijn voorhoofd. 'Hun geld teruggeven? Dat vind ik heel tegennatuurlijk.' Hij deed net of hij huiverde. 'Het druist recht tegen mijn gezonde verstand in. Bovendien hebben we er hard voor gewerkt, voordat we ze zover hadden dat ze dat geld ophoestten.'

'Eddie, dat geld is nu toch een schijntje voor ons. Zestien

van de zeventien cursisten hebben geïnvesteerd in olieachtige smurrie op een terreintje dat wij als een bron hebben bestempeld. Hoeveel hebben we daarmee nou helemaal bij elkaar gesprokkeld? Eenenzeventigduizend dollar? Ik ken in ieder geval één persoon die blij zal zijn dat hij zijn geld terug krijgt – meneer Duncan Donuts. Misschien gaat hij dan zelfs wel weer meedoen aan de Powerballoterij.'

'Die moet werkelijk wóédend op ons zijn,' schaterde Edmund.

'Ik hoop dat hij volgende week niet op de cursus komt,' merkte Woodrow op. 'Hij kan ons denk ik wel vermóórden.'

'Ik dacht dat je hem terug wilde betalen.'

'We kunnen hem een cheque toesturen.'

Edmunds ogen schitterden. 'Woodrow, wat gaan we doen als we dat geld hebben geïncasseerd?'

'Plezier maken natuurlijk.'

'Met z'n tweeën, toch?'

'Ja, natuurlijk met z'n tweeën. We zijn een onverslaanbaar team en moeten dat ook altijd blijven.'

Edmund schoof zenuwachtig heen en weer in zijn stoel. 'Denk je echt dat tante Millie de juiste persoon is om het geld van dat lot te innen?'

'De perfecte persoon,' antwoordde Woodrow. 'Ze is de enige in onze familie die altijd onvoorwaardelijk van ons heeft gehouden, in hoeveel problemen we ook verzeild raakten. En ze heeft buiten ons godzijdank geen erfgenamen, dus niemand zal haar op het idee brengen al ons geld stiekem voor zichzelf te houden. Bovendien geven we haar een miljoen dollar, alleen maar om één reisje naar het Powerbalhoofdkantoor te maken.' Hij lachte. 'Je kent haar toch. Ze vindt het heerlijk, al die opwinding.'

'Dan hoop ik maar dat ze niets op haar kerfstok heeft waar ze ons nooit iets van heeft verteld,' grapte Edmund.

Woodrow lachte. 'Kun je je dat voorstellen. Tante Millie die een gokverbod heeft?'

'Als dat zo is, is ze al zeker duizend keer over de schreef gegaan. Zodra ze achter een gokkast zit, verandert ze gewoon in een duivelin! Weet je nog hoe woedend ze was toen die eenarmige bandieten werden vervangen door computergokkasten? Ze zei dat het de helft van de lol was om al die munten in het bakje te horen vallen.'

'Het is in ieder geval duidelijk dat wij méér op haar lijken dan op onze moeders,' merkte Woodrow op. 'Ik hoop alleen dat we ervan op aan kunnen dat ze ons niet zal belazeren.' Hij was even stil. 'Nee, dat had ik niet moeten zeggen. Ik wéét gewoon dat we haar kunnen vertrouwen. Volgende week, zodra we uit Branscombe weg kunnen, gaan we onverwacht bij haar langs.'

Edward boog naar voren om de verwarming hoger te zetten. 'Het is buiten zeker kouder aan het worden,' merkte hij op. 'Maar gelukkig sneeuwt het niet.' Hij drukte op de aan/uit-knop van de radio.

'Dit is het wxy-station in Boston. We hebben nieuws van onze verslaggever in Branscombe, New Hampshire, over dat ongelofelijke loterijverhaal. Wat heb je voor ons, Ginger?'

'Bob, we hebben inderdaad een heel verhaal hier. De missende vijfde, Duncan Graham, die van de vrijgevige winnaars mee mag delen in de prijs, hoewel hij gisteren besloot niet mee te spelen in de Powerballoterij...'

Woodrow floot. 'Heb jij effe geluk, Duncan! Maar wordt hij vermist?' Hij zette de radio harder.

'... is een paar minuten geleden hier in de Branscombe Inn gearriveerd, waar op dit moment een persconferentie plaatsvindt met zijn collega's. Duncan Graham ziet eruit alsof hij door de mangel is gehaald en een zware nacht achter de rug heeft. Toen hij daarnet hoorde dat twee van zijn collega's dachten dat hij het tweede winnende lot achter hun rug om had gekocht, was hij erg van streek.'

'Heeft-ie ook niet gedaan,' zeiden Woodrow en Edmund in koor.

'Er moet hem iets zijn overkomen, omdat hij, steunend op een oude houten steel die eruitzag alsof hij rechtstreeks uit een vuilnisbak was gevist, naar het podium kwam strompelen. Daar ontkende een in zijn eer aangetaste Duncan ten stelligste dat hij het tweede winnende lot had gekocht en hij was woedend dat er zoiets van hem werd gedacht. Maar, geloof het of niet, hij was nóg veel woedender over het feit dat het hele stadje nu op de hoogte is van de verlovingsring die hij voor zijn vriendin wilde kopen. En uiteindelijk is hij, volkomen over zijn toeren, flauwgevallen op het podium.'

'Is hij flauwgevallen?' vroeg Bob op keurig passende, zogenaamd bezorgde toon. 'Is alles in orde met hem?'

'Hij wordt nu net naar buiten gedragen. Ik hou je op de hoogte.'

'Beseft hij wel dat zijn collega's hem mee laten delen in de prijs en dat hij nu goed is voor twaalf miljoen dollar?'

'Dat durf ik niet te zeggen.'

'Nou, als hij het nog níét beseft, zal het in ieder geval een geweldig leuke verrassing voor hem zijn als hij bijkomt. Dank je wel, Ginger. En nu over naar het weer...'

Edmund en Woodrow keken elkaar aan.

'Nou, dat ontslaat ons dus van alle plichten ten opzichte van Duncan,' lachte Edmund. 'Hij hééft helemaal zijn kans niet gemist, omdat hij ons advies heeft opgevolgd. Die collega's van hem zijn wel verschrikkelijk gestoord. Ze geven hem gewoon miljóénen, alsof het niks is. Zo stom zouden wij nooit zijn.'

'Nee, om de dooie dood niet,' beaamde Woodrow.

'Toch jammer dat we nu uit de zwendelbusiness zijn gestapt. We hadden nog best wat oliebronnen voor hem kunnen ontdekken.'

Woodrow sloeg zich op zijn dijen van het lachen. 'Je hebt gelijk, Edmund. Ik denk dat wij hem uiteindelijk wel zo'n elf van de twaalf miljoen hadden kunnen aftroggelen.' Toen trapte hij op de rem, omdat er wegwerkzaamheden waren verderop en het tempo werd gereduceerd tot een slakkengang.

Edward schudde zijn hoofd. 'Nu we het toch over dat lot hebben, ik heb zin om het nog eens een keer goed te bekijken en van elk stukje ervan te genieten,' zei hij, terwijl hij zijn portefeuille uit zijn borstzak haalde. Met een lach op zijn gezicht vanwege de voorpret, trok hij het plastic zakje tevoorschijn en stak zijn hand erin om het lot eruit te pakken.

Woodrow wierp een blik opzij. 'Dat schattige stukje papier is honderdtachtig miljoen dollar waard.'

'Ja,' knikte Edmund, terwijl hij het lot openvouwde en de magische getallen nog eens bekeek. Maar plotseling sloeg er een enorme paniekvlaag door hem heen en vloog er een ijskoude rilling over zijn rug. Zijn bloed bevroor. Zoiets had hij nog nooit eerder gevoeld, zelfs niet op het moment dat hij hoorde dat hij voor acht jaar de gevangenis in moest. Er ontsnapte een jammerkreet aan zijn lippen.

'Wat is er?' snauwde Woodrow nerveus.

'Die getallen... het lijken wel niet de goede. Ik dacht... ik dacht dat het Powerbalgetal tweeëndertig was.'

'Wát?' eiste Woodrow.

'Was het Powerbalgetal geen tweeëndertig?'

'Ja, natuurlijk!'

'Maar hier staat achttien...'

'Waar heb je het verdomme over?' schreeuwde Woodrow.

Toen slaakte Edmund een ijzingwekkende kreet. 'Dit lot is van twaalf juli!' gilde hij. 'Het is een oud lot. Niet ons winnende lot. O, god, nee!'

Woodrow rukte het uit zijn handen. 'Probeer je me te bedonderen of zo?'

'Hoe dúrf je dat te zeggen? Hoe dúrf je? We hebben het lotnummer gecheckt, toen we het in de vriezer verstopten. Maar toen we terugkwamen om het toch maar mee te nemen, hebben we dat niet gedaan. Iemand moet de loten hebben omgeruild. Je bent verdomme ook een debiel. Ik zéí toch dat we dat lot niet achter moesten laten in de vriezer. Ik wist het!'

'Wie kan er nou in het huis zijn geweest? Alles zat op slot. En zó lang zijn we helemaal niet weg geweest!'

'Weet je nog dat we gisteravond dachten dat we iets in de kelder hoorden, maar niet zijn gaan kijken? We waren te druk met feesten en dachten dat het die oude verwarmingsketel was...'

Woodrows ogen puilden uit hun kassen. 'We hoorden een soort gestommel. Ik wou gaan kijken, maar jij zei dat dat nergens voor nodig was.' Hij wees naar de radio. 'Die Duncan, die Duncan werd gisteravond vermist. Hij is pas net weer tevoorschijn gekomen en hij hinkt. Die stomme zijdeur die de cursisten gebruiken, was niet op slot.' Hij keek Edmund aan. 'Ik wed dat hij naar ons is toe gekomen om ons de huid vol te schelden, toen hij besefte dat het lotnummer van het lot dat hij níét had gekocht, het winnende was! En hij moet ons hebben gehoord toen we aan het vieren waren dat wij hadden gewonnen! Hij moet ons hebben bespied! Hij moet hebben gehoord dat wij het over die oliebronzwendel hadden!'

'Ja, hij móét het wel zijn!' riep Edmund. 'Wie anders?'

Met kloppende slapen en een bloedrood gezicht reed Woodrow de grasstrook op die de twee rijbanen van elkaar scheidde en keerde, tegen alle verkeersregels in, de tegenovergestelde kant op. 'We gaan dat lot verdomme terughalen!'

'En als hij de politie nou al op ons heeft afgestuurd?'

'Maakt me geen reet uit!' ontplofte Woodrow.

Edmund zakte terug in zijn stoel. 'Ik begrijp niet dat jij nog een onbevlekt chauffeursblazoen hebt.'

Hoofdstuk 12

Boven in de wolken die boven New Hampshire hingen, keek Willy uit het raampje van het tweezitsvliegtuigje dat Alvirah en hij hadden gehuurd op het Westchester vliegveld. Dit is wel het laatste wat ik dacht te gaan doen vandaag, dacht hij. Hij keek naar de andere kant van het middenpad waar Alvirah zat te glimlachen. Ze was helemaal in haar sas en stak haar hand naar hem uit.

'Het was wel een superidee van mij, hè, om een vliegtuigje te huren, toen we hoorden dat er door die vrachtwagen met lekkende olie zulke enorme files stonden op de weg naar Connecticut?'

'Een duur idee, ja,' was Willy's reactie. 'We besparen een paar uur op de weg, maar dat kost ons wel drieduizend dollar.'

'Ach, dat hele stuk rijden was toch te veel voor je geweest.'

'Alvirah, ik vind het altijd heerlijk auto te rijden.'

Met veel gevoel voor drama raakte Alvirah het verband om haar voorhoofd even aan. 'Toen ik klein was kreeg ik altijd een cadeautje van mijn moeder als ik me pijn had gedaan. Toen ik mijn arm had gebroken omdat ik van de glijbaan af probeerde te rennen, heeft ze een pop voor me gekocht met twee bijpassende outfits. Daar voelde ik me al zo'n stuk beter door. En ze was niet eens kwaad op me omdat ik zoiets doms had geprobeerd. Deze vlucht is mijn eigen troostcadeautje aan mezelf. En buiten dat is het helemaal niet erg dat we af en toe wat geld over de balk gooien.'

'Je hebt gelijk, Alvirah.'

'En dan nog wat. Ik maak me zorgen over die loterijwinnaars. Ze zien eruit alsof ze wel wat hulp kunnen gebruiken. Als we met de auto waren gegaan, waren we er vanavond pas geweest.'

Het was nu kwart over twaalf en ze zetten net de daling in naar een klein lokaal vliegveldje, op nog geen tien kilometer van Branscombe.

Alvirah stak net het laatste zoutje in haar mond, uit het zakje waar ze tijdens de vlucht aan begonnen was. 'Oudbakken,' fluisterde ze tegen Willy, terwijl ze het zakje samenkneep tot een prop. 'Maar ik had honger.'

De piloot had al gebeld om een auto met chauffeur te regelen die klaar zou staan op het vliegveld om hen naar de Branscombe Inn te brengen. En toen ze landden zagen ze inderdaad een witte stretchlimo op het asfalt staan wachten.

'Mijn naam is Charley,' stelde de chauffeur zich voor, terwijl hij hun bagage in de achterbak laadde. 'Welkom op het Vreugdefestival.'

'Is die vermiste man al terecht?' vroeg Alvirah gespannen.

'O, weet u daarvan?'

'Ze weet altijd álles,' merkte Willy op.

Charlie deed de achterklep dicht. 'Hij is net hinkend op komen dagen bij de persconferentie en heeft in alle toonaarden ontkend dat hij dat andere winnende lot heeft gekocht. En toen is hij onderuit gegaan. Volgens mij is er niet veel aan de hand, maar komt het van vermoeidheid: hij had duidelijk een zware nacht achter de rug.'

Alvirahs ogen werden groot. 'Denkt ú dat hij dat andere lot heeft gekocht?"

'Geen idee. Ik ben trouwens net langs de winkel gereden waar het is verkocht.'

'O, waar dan?'

'Een krantenwinkeltje langs de weg.'

'Die zoutjes in het vliegtuig hebben me dorstig gemaakt. Misschien kunnen we daar even stoppen en wat water halen?'

'Dat is niet nodig. Ik heb altijd een voorraadje water voor mijn gasten in de auto,' reageerde Charley, terwijl hij het portier openhield.

Alvirah rilde bij het instappen. 'Brrr, ik heb het koud. Ik heb een kop koffie nodig.'

'Onderweg komen we een koffietentje tegen dat werkelijk de beste...' begon Charley.

'Laat maar,' onderbrak Willy hem. 'Er is niets wat mijn vrouw tegen kan houden om dat krantenwinkeltje aan een nader onderzoek te onderwerpen.'

'Begrepen,' reageerde Charley, terwijl hij het portier dichtdeed.

Hoofdstuk 13

'Bel een ziekenwagen!' riep Steve, de burgemeester, terwijl hij Duncan op de vloer liet zakken en zijn jack openritste.

'Ik weet wel wat ik moet doen,' gilde Muffy. 'Ik ben badjuffrouw geweest!' Ze liet zich op haar knieën vallen en pakte Duncans pols. 'Zijn hart klopt!' verkondigde ze theatraal.

Regan en Jack waren als eersten van hun stoel opgesprongen. 'Muffy, kijk eens of hij een medische urgentiekaart bij zich heeft,' zei Regan.

Duncans ogen vlogen open. 'Niks aan de hand,' zei hij. 'Er is medisch niets met me aan de hand. Absoluut niet.' De camera's klikten zonder ophouden, terwijl hij overeind probeerde te komen. 'Alstublieft. Er is niks aan de hand. Mijn been doet pijn, dat is alles.'

Glenda haastte zich naar hem toe, terwijl de fotografen en verslaggevers elkaar verdrongen om een goed plaatsje te veroveren om de actie goed te kunnen volgen. 'Alsjeblieft, houd afstand,' drong ze aan en wierp een blik op Steve. 'Laten we zorgen dat hij hier vandaan komt.'

Jack en Steve zetten Duncan op een stoel, tilden die op en haastten zich de zaal uit.

De manager van het hotel ging hun voor naar een hotelkamer verderop in de gang. 'Als de ambulance er is, stuur ik de ziekenbroeders hierheen,' zei hij.

'Er is niks met me aan de hand,' hield Duncan vol. 'Misschien moet er een foto van mijn been worden gemaakt. Maar verder heb ik gewoon honger en dorst en wil ik graag mijn vriendin bellen. Glenda, mag ik jouw mobiele telefoon misschien even lenen? De mijne ligt nog thuis,' zei hij, terwijl Jack en Steve de stoel neerzetten en hem op het bed hielpen.

'Natuurlijk, Duncan. Wat is haar nummer?'

Duncan ratelde het nummer op, nam vervolgens de telefoon van Glenda over en hield hem tegen zijn oor. 'Het is haar voicemail,' zei hij teleurgesteld en hij zei toen zachtjes in de hoorn: 'Flower, ik hou van je. Ik moet je spreken. Ik heb mijn mobiele telefoon niet bij me…'

'Zeg maar dat ze de mijne kan bellen,' zei Glenda vlug en noemde het nummer voor hem op.

Duncan herhaalde het. 'Ik probeer ook je werk nog even, Flower. Ik kan niet wachten tot ik je aan de lijn heb.' Hij verbrak de verbinding. 'Glenda, vind je het erg als ik de nummerinformatie bel? Dat kost wel geld.'

Glenda glimlachte. 'Duncan, besef je niet dat ik nu multimiljonair ben? En jij zelf ook!'

'Dat moet toch een heerlijk gevoel zijn,' merkte burgemeester Steve op, terwijl hij Duncan het glas water aangaf dat hij gauw had gevuld.

'Ja, dat heb ik gehoord. Jij bent de allerbeste vriendin die iemand maar kan hebben, Glenda,' zei Duncan dankbaar. Toen klokte hij het water in één keer naar binnen, tot en met de laatste druppel. 'Je bent echt de aller-, allerbeste.'

'Dat is ze zeker,' merkte Jack lachend op. 'Ik vraag me af of ík ooit vrienden zal hebben die hun miljoenen met mij willen delen.'

Duncan had ondertussen de crèche waar Flower werkte bereikt, maar fronste zijn voorhoofd toen hij van haar baas hoorde dat Flower een dag vrij had genomen. 'Echt? Wat gek dat ze dat niet tegen me heeft gezegd. Oké, dan wacht ik af tot ik iets van haar hoor.'

Daarna toetste hij het nummer in waarmee hij zijn eigen

voicemail op de telefoon thuis en op zijn eigen mobiele telefoon af kon luisteren. Er verscheen een glimlach op zijn gezicht. 'Ach, ze kon niet slapen vannacht,' zei hij. 'Ik hoop dat ze me gauw belt.' Vervolgens belde hij zijn ouders en sprak een boodschap in. Terwijl hij Glenda haar telefoon weer teruggaf, keek hij Steve en Jack aan. 'Bedankt, mannen. Laat je niet ophouden door mij, alsjeblieft. Ik zit hier prima tot de ambulance arriveert.'

'Hoe heb je je been bezeerd?' vroeg Jack.

'Ik ben gevallen,' antwoordde Duncan vlug. 'Maar het komt wel in orde met me. Nogmaals bedankt. Als jullie het niet erg vinden, zou ik graag even met Glenda praten.'

'Ik ga met je mee naar het ziekenhuis,' zei Glenda streng. 'Ik laat je echt niet alleen gaan.'

'Glenda, ik kan niet geloven dat Ralph en Tommy dachten dat...' Er verscheen een gepijnigde uitdrukking op Duncans gezicht.

'Wij gaan, zodat jullie tweeën kunnen bijpraten,' zei Jack, en Steve en hij liepen de kamer uit. Op de gang stonden de andere Reilly's te wachten.

'Glenda!' fluisterde Duncan, toen ze alleen waren. 'Ik moet je iets vertellen.'

Er verscheen een geschrokken uitdrukking op Glenda's gezicht. 'Duncan, alsjeblieft, je gaat me toch niet vertellen dat jij tóch dat andere lot hebt gekocht.'

'Nee! Dat heb ik niet gedaan! Maar mijn leven staat misschien op het spel...'

'Waar héb je het in vredesnaam over?'

Vlug vertelde Duncan Glenda alles wat er de vorige avond was gebeurd. '... dus kijk hier eens naar,' zei hij schor. Hij stak zijn hand in een van de zakken van zijn jack en haalde zijn portefeuille tevoorschijn.

Glenda was volkomen overdonderd toen ze het lot van hem aannam en de getallen erop zag. 'Dus dit heb je uit hun vriezer gestólen?'

'Ja. Ik kan het natuurlijk nooit te gelde maken, maar ik wil gewoon niet dat zíj het hebben. Het enige wat ik wil is dat ze achter de tralies belanden, omdat ze zo veel onschuldige mensen hebben belazerd en hun hun zuurverdiende geld afhandig hebben gemaakt. Als ik dit lot ooit voor geld in zou wisselen, weten zij natuurlijk dat ík het was die het van hen heeft gestolen en dan zou ik nooit meer rustig kunnen slapen zonder bang te zijn dat ze op een nacht mijn slaapkamerraam in zouden klimmen en me van kant maken. Buiten dat, de mensen hier zouden dan altijd blijven denken dat ik jullie heb verraden en wél dit lot stiekem had gekocht. Hoewel ik, als dat zo zou zijn, de opbrengst natuurlijk met jullie zou hebben gedeeld.'

'Weet je, als jij die oplichters niet had verteld wat ons lotnummer was, hadden we nu de hele pot gewonnen!' merkte Glenda wrang op.

'Het spijt me! Maar het was wel míjn Powerbalgetal dat het hem deed!'

'Grapje, Duncan, grapje.'

'Weet je, Glenda, hoe meer ik erover nadenk, hoe meer ik ervan overtuigd ben dat die Winthrops niet alleen maar zwendelaars zijn. Ze zijn gevaarlijk en deinzen nergens voor terug, voor mijn gevoel!' Buiten hoorden ze de sirene van een ambulance. 'Wat moet ik nou doen?'

Glenda wees naar de gang. 'Dic vent die je net, samen met de burgemeester, hierheen heeft gedragen? Die is hoofd van de afdeling Ernstige Delicten in New York en zijn vrouw is privédetective. Voordat jij opeens kwam opdagen, bood ze me hun hulp aan om jou te vinden. Waarom praat je niet met hen?'

'Denk je dat ze te vertrouwen zijn en hun mond houden over het lot tot die klootzakken zijn opgepakt?'

'Ja, Duncan, dat denk ik zeker.'

Muffy, de vroegere badjuffrouw, kwam met een blad in haar handen de kamer in banjeren, een cameraploeg in haar kielzog. 'Duncan, ons geweldige, vrijwillige ambulancepersoneel is in aantocht. Maar vóór je gaat, moet je deze heerlijke, zelfgemaakte wafels eens proeven.'

Glenda had haar hand automatisch om het lot heen gesloten. Nu keek ze Duncan met een vragende blik aan.

'Glenda,' zei hij, met een gebaar naar haar hand. 'Waarom zoek jij niet eerst dát uit en kom je daarna naar het ziekenhuis? Met mijn mobiele telefoon?'

'Wát uitzoeken?' vroeg Muffy opgewekt, terwijl twee mannen in witte uniformen een brancard de kamer binnenreden.

Hoofdstuk 14

Charley reed zijn limo langs de vrijstaande benzinepomp voor Ethans krantenzaakje en stopte. Op een banner in de etalage stond geschreven: HIER WERD EEN MEGA-MEGALOT VERKOCHT DAT HONDERDTACHTIG MILJOEN WAARD WAS!

Alvirah, met Willy op haar hielen, was al binnen, voordat Charley ook maar de kans had gekregen om het portier voor hen te openen. Er kwamen een cameraman en een jonge verslaggever op hen toegesneld.

'Ik ben Jonathan Tuttle van BUZ-televisie,' begon de verslaggever opgewonden. 'Ik wed dat u hier bent om het winnende lot te verifiëren. U komt in een limo en zo, dus…'

'Het spijt me u teleur te moeten stellen,' zei Alvirah. Terwijl de cameraman zijn licht uitdeed en de verslaggever zijn microfoon liet zakken, voegde ze er nonchalant aan toe: 'Maar we hebben wel een paar jaar geleden veertig miljoen in de loterij gewonnen.'

'Zet de camera maar weer aan,' commandeerde Tuttle de cameraman en richtte zijn aandacht met hernieuwde interesse op Alvirah en Willy. 'Wacht eens. Bent u niet al eerder geïnterviewd voor onze zender?'

'Jawel. Ik ben Alvirah Meehan en dit is mijn echtgenoot, Willy. Jullie presentator Cliff Bailey nodigt me altijd uit als er weer een nieuwe winnaar is in de mega-mega Powerballoterij.'

'Natuurlijk,' zei Tuttle. 'En wat brengt u hier?'

'We zijn net hier naartoe komen vliegen voor het Vreugdefestival in Branscombe.'

'Onze zender maakt een special over dat festival.'

'Ja, dat heb ik vanmorgen gezien.'

'Wist u dat er twee mega-megaloten in dit gebied zijn verkocht, eentje hier in Red Oak en een in Branscombe?'

'Ja, dat weten we. Ik hoop de winnaars in Branscombe te ontmoeten en hen persoonlijk te kunnen feliciteren.'

'Heeft u nog een advies voor hen?'

'Ja, dat ze hun telefoons uit moeten schakelen,' gromde Willy.

Alvirah lachte. 'Wat hij bedoelt is dat ze gebeld zullen worden door een ongelofelijk aantal mensen, die allemaal met idiote ideeën komen over hoe ze hun geld het beste kunnen uitgeven.'

'Dat kan ik me voorstellen,' zei Tuttle. 'Hartelijk dank, mevrouw Meehan.'

Alvirah keek het winkeltje rond. Tegen de achterwand hing een kartonnen Kerstman. Op een tafeltje in de hoek stond een kunstkerstboom met knalrode versierselen. En de zuivelafdeling werd opgefleurd door een snoer knipperende kerstlampjes.

Achter de toonbank, bij de kassa, ontdekte ze een kwieke tachtigjarige, in een geruit overhemd en met een rood strikje om zijn nek. 'Wat kan ik voor jullie doen, mensen?' vroeg hij.

'Twee grote zwarte koffie om mee te nemen, alstublieft,' zei Alvirah.

'Komt eraan.'

'Bent u Ethan?' vroeg ze.

'Jazeker.'

'Wat spannend dat u een van de winnende loten heeft verkocht,' merkte Alvirah op, terwijl hij de koffie inschonk.

'Zeker. Het is voor het eerst. En ik krijg ook een bedrag, omdat het lot hier is gekocht. Dat is nog eens een gelukje.

Maar voordat u me gaat interviewen, zal ik alle vragen die me gedurende deze dag zijn gesteld, maar vast beantwoorden: ik weet niet wie het lot hier heeft gekocht en ik heb geen beveiligingscamera's, zodat er ook geen banden zijn om af te spelen en te bekijken. Wat betreft die vent waarvan ze vermoeden dat hij het lot heeft gekocht: ik zou het niet weten. Ik heb geen idee hoe hij eruitziet en zelfs al zou ik een foto van hem te zien krijgen, dan nog zou ik het niet weten. Als hij niet een van mijn vaste klanten is, herinner ik het me gewoon niet meer.'

Alvirah knikte. 'En daarmee zijn al mijn vragen beantwoord.'

Ethan lachte, terwijl hij met zorg de deksels op de kartonnen koffiebekers deed. 'Misschien ligt het aan de leeftijd, maar op een gegeven moment worden alle mensen die hier binnenkomen en weer weggaan, vaag. Gisteren leek het wel of iedereen die hier kwam tanken, óók een lot kocht. Ik had het zo druk als een klein baasje.'

'Als er zo veel in de jackpot zit,' zei Willy, 'willen alle mensen even genieten van die droom. Ons leven is in ieder geval drastisch veranderd door het winnen van de loterij. Alvirah, wil je nog iets bij de koffie?'

'Ik heb wel zin in iets te knabbelen,' antwoordde Alvirah, terwijl ze haar ogen zoekend over de toonbank liet gaan, die vol stond met kauwgum, snoep en donuts. Haar blik viel op een mandje kersttoffees, verpakt in groen-rood gestreept papier.

'Zijn die lekker?' vroeg ze aan Ethan.

'Nou, dat verwacht ik wel voor een dollar per stuk, ja. Ik heb ze net binnen.' Hij haalde zijn schouders op. 'Ik heb er een paar geproefd en ze zijn heerlijk, vind ik. Maar de meeste mensen die een dollar over hebben, spenderen die aan een lot.'

'Geef er maar tien,' zei Willy en keek Alvirah aan. 'Mijn beterschapscadeau voor jou.'

Hoofdstuk 15

Flower schrok wakker. Ze had gedroomd dat ze aan een richel hing en zichzelf probeerde op te trekken. Haar vingers gleden steeds weg en toen ze om hulp wilde roepen, kwam er geen geluid uit haar keel. Vlug deed ze haar ogen open en ze staarde naar het onbekende gebloemde behang. Waar ben ik, schoot het door haar heen. Met de angst van de droom nog levendig voor haar, was ze blij dat ze wakker was, tot het verpletterende besef tot haar doordrong waar ze was en waarom.

Triest keek ze op haar horloge. Het was tien over één. Ik heb maar een paar uur geslapen, begreep ze. Maar ik heb honger en ik voel een zware hoofdpijn opkomen. Betty en Jed hadden gezegd dat ze een gil moest geven als ze iets nodig had. Misschien kan ik wel een broodje met een kop thee krijgen. En daarna moet ik gaan bellen of ik vanavond nog een vlucht terug kan krijgen. Haar mobiele telefoon lag op het kastje. Maar ik zet hem nog niet aan, dacht ze. Zelfs als er een boodschap van Duncan zou zijn, had ze geen zin om naar zijn misselijkmakende excuses te moeten luisteren of te moeten horen dat het beter was als ze gewoon vrienden waren.

Ze liep de kleine badkamer binnen en gooide wat water in haar gezicht. Onder andere omstandigheden zou ik er geen bezwaar tegen hebben gehad om eens lekker in dat bad te gaan liggen, dacht ze, terwijl ze het beeld van haar moeder voor zich zag, liggend in een bad met een heleboel zeewier in het water om haar heen.

'Het is zo ontspannend, Flower,' zei haar moeder dan altijd. Flower kon de naar lavendel geurende kaarsen, die een onmisbaar onderdeel van dit ritueel vormden, bijna ruiken. 'Ik snap niet dat je dit niet lekker vindt, Flower.'

Maar sinds ze een klein kind was, had Flower genoeg gehad aan water en zeep. Net zoals oma, die beweerde dat zeewier gewoon op het strand thuishoorde en niet in een bad, waar het de afvoer alleen maar verstopte. Ze zuchtte. Oma was al zes jaar dood, maar ze miste haar nog iedere dag.

Kom op, vermande Flower zich, plotseling rusteloos. Ik moet iets eten, snel douchen en maken dat ik hier weg kom.

Toen ze door de gang liep, hoorde ze alleen het kraken van de planken vloer onder haar voeten. Het was overal stil. Betty had gezegd dat het hotelletje vol zat, dus was iedereen nu zeker weg. Flower liep de trap af, naar de begane grond.

In de receptieruimte was niemand te zien en ook de zitkamer was leeg. Maar het rook wel heerlijk naar chocoladecake – er werd gebakken. Dus liep Flower naar de achterkant van het huis en klopte op de keukendeur.

'Joehoe!' hoorde ze Betty roepen. 'Wie je ook bent, kom binnen!'

'Ik ben het,' antwoordde Flower, terwijl ze de deur openduwde. Erachter lag een grote, ouderwetse keuken. Er brandde een vuur in de open haard, waar twee comfortabele fauteuils voor stonden. Overal stonden glimmende koperen potten en pannen en voor het raam naast de achterdeur hing een geruit gordijntje. Buiten kon ze nog net een klein, rood gebouwtje zien, een oud schuurtje.

Betty stond over de oven gebogen en bekeek de tandenstoker in haar hand aandachtig. Haar gezichtsuitdrukking was er een van opperste concentratie. 'Nog heel even, Flower,' zei ze opgewekt. 'Mijn bakwerk moet altijd perfect zijn, vind ik.

Eén minuut te veel en het is een heel klein beetje te droog. Ik zeg altijd maar: precies lang genoeg, dat is het geheim.' Ze haalde de bakplaat uit de oven en zette die op een rekje om af te koelen, naast het fornuis.

'Als het net zo lekker smaakt als het ruikt, weet ik zeker dat het perfect is gelukt,' zei Flower zachtjes.

Betty keerde zich met een vriendelijke glimlach naar haar om. 'Ik ben zelf mijn beste klant,' zei ze, terwijl ze haar brede handen aan haar schort afveegde. 'En daarom zal ik nooit een magere lat worden. Maarre... ik ben verbaasd je hier te zien. Je zag er zó moe uit toen je aankwam, dat ik dacht dat je een gat in de dag zou slapen.'

'Dat dacht ik ook, maar ik denk dat ik wakker ben geworden van de honger. Zou het mogelijk zijn om iets te eten te krijgen?'

'Maar natuurlijk, meiske. Jed en ik hebben net geluncht met een kop verse groentesoep. Heb je daar zin in, met een warm broodje erbij?'

'Dat lijkt me heerlijk.'

'Oké, dan. Wil je het hier in de keuken opeten, of heb je het liever op je kamer?'

Door de hartelijkheid van Betty voelde Flower zich al wat minder alleen. 'Hier graag, als ik u niet in de weg zit.'

'Mij zit je niet in de weg, hoor. Ik vind het altijd heerlijk als de gasten even in de keuken langskomen en ik de kans krijg ze een beetje te leren kennen. Jij ziet er een beetje smalletjes uit. Waarom ga je niet lekker even zitten?' vroeg ze, terwijl ze een gebaar naar de grote houten tafel maakte.

Vijf minuten later zat Flower dankbaar aan de soep en zat Betty met een kop thee tegenover haar.

'Heerlijk,' zei Flower zachtjes.

'Het doet me altijd goed als ik zie dat iemand geniet van mijn kookkunsten,' reageerde Betty vriendelijk. 'Dus het Vreugdefestival is eindelijk begonnen. Iedereen heeft het er al maanden over. Er logeren hier mensen van de televisie, die een reportage maken over het festival. Ga jij vanavond ook naar de openingsceremonie, meiske?'

Flower barstte in huilen uit.

'Dat dacht ik al,' zei Betty troostend, met een goedmoedige uitdrukking op haar moederlijke gezicht. 'Heeft het met een man te maken?'

'Ja,' antwoordde Flower, terwijl ze haar tranen probeerde weg te vegen. Ze voelde dat haar neus begon te snotteren.

Betty diepte een pakje papieren zakdoekjes uit haar schortzak op. 'Ach, ach, toch,' zei ze troostend en gaf het aan Flower.

'Sorry,' mompelde Flower, terwijl ze haar neus snoot en haar tranen droogde.

'Dat is nergens voor nodig. Je bent zo'n aardig, mooi meiske. Wie het ook is om wie je zo moet huilen, hij is nog niet één van je tranen waard.' Ze stak haar hand uit en pakte Flowers kleine hand in de hare. 'Zou het helpen erover te praten?'

Flower knikte en legde haar lepel neer. 'Mijn vriend, of beter gezegd mijn ex-vriend, woont hier in Branscombe en als verrassing ben ik voor het weekend hierheen komen vliegen. Maar toen ik vanmorgen in de supermarkt was, waar hij werkt, hoorde ik dat hij en vier van zijn collega's de… de… de Powerballoterij hebben gewonnen… gisteravond!' Flower begon nog harder te huilen en tussen het snikken door vervolgde ze: 'En hij heeft me niet eens gebeld om me dat te vertellen. Sinds afgelopen juni hebben we elkaar overdag minstens twee keer aan de telefoon en dan ook nog iedere avond. Maar gisteravond heeft hij niet gebeld. Ik heb allerlei boodschappen voor hem achtergelaten, maar hij heeft me nog steeds niet gebeld, zelfs vanmorgen niet. Dat betekent dus dat hij, nu hij opeens al dat geld heeft, er zónder mij van wil genieten.'

'Mijn god,' riep Betty uit. 'Hij klinkt vreselijk!' Ze leunde naar voren. 'Dus een paar medewerkers van Conklin hebben de loterij gewonnen?'

'Ja,' kon Flower hikkend uitbrengen.

'En hoe heet jouw vriend dan?'

'Duncan Graham. Hij leidt de afdeling versproducten.'

'Duncan? Wat raar, dat vond ik altijd zo'n aardige jongen.'

En weer sprongen de tranen in Flowers ogen en begon ze te snikken.

'Wat erg voor je,' zei Betty, terwijl ze opstond, om de tafel heen liep en Flowers hoofd tegen haar stevige boezem aandrukte. 'Dat was dom om dat te zeggen. Als hij je zo behandelt, is het maar goed dat je van hem af bent. Wie heb je gesproken in de winkel?'

'Ik denk... ik denk... dat het de vrouw van meneer Conklin was. Ze was niet erg aardig.'

'Zíj... dat is een vreselijke trut. Erger vind je ze niet.' Betty gaf een paar troostende klopjes op Flowers hoofd.

'Ik wil naar huis,' huilde Flower. 'Ik stap vandaag nog op de bus naar Boston.'

'Weet je zeker dat je niet één nacht wilt blijven? Je kunt vanavond met Jed en mij hier eten. En dan kun je morgen een frisse start maken.'

'Ik weet niet,' zei Flower onzeker. 'Ik denk dat het beter voor me is als ik hier zo snel mogelijk weg ben.' Ze keek Betty aan. 'Het ergste is nog dat Duncan een cursus financiën heeft gevolgd bij twee mannen die vorige maand hier in Branscombe kwamen. Hij vertelde me nog dat zij hem het advies hadden gegeven om te stoppen met de Powerballoterij en hij was het daarmee eens. Maar hij heeft dus blijkbaar toch niet naar hen geluisterd. Had hij dat maar wel gedaan!'

'Nee, natuurlijk niet,' riep Betty. 'Nu heb je zijn ware gezicht gezien. En als je het mij vraagt, meiske, ben je de dans ontsprongen. Zelfs al heeft hij al het geld van de wereld, hij verdient je niet.'

'Die twee adviseurs zijn nu natuurlijk hartstikke handig voor hem, natuurlijk. Die kunnen precies zeggen wat hij met al dat geld moet doen,' merkte Flower een beetje verloren op. 'Hebt u wel eens van hen gehoord? Woodrow en Edmund Winthrop. Het zijn neven van elkaar.'

'Nee, nooit,' reageerde Betty vlug. 'En als ik dat wel had, dan zou ik niet geïnteresseerd zijn geweest in dat soort types. Geld maakt zoveel mensen kapot. Het is zoals ze zeggen: geld maakt niet gelukkig. In Californië ga jij straks iemand ontmoeten die fantastisch voor je is, dat wéét ik gewoon. En dan komen Jed en ik daarheen voor je huwelijk.'

'Ik heb nog nooit iemand ontmoet, die zo aardig is als u,' zei Flower met een beverige glimlach.

Plotseling werd er keihard op de achterdeur gebonkt – ze schrokken zich allebei kapot. 'Wie kan dat nou zijn,' mompelde Betty, terwijl ze Flower losliet en zich naar de achterdeur haastte. Toen ze zag wie er stond, zag Flower dat ze naar adem hapte. 'Het komt niet uit,' zei Betty gedecideerd en wilde de deur dichtdoen.

Flower kon vanaf haar stoel niet zien wie de onwelkome gast was.

'Wat bazel je nou, Betty?' hoorde ze een boze mannenstem. 'We zitten met een groot probleem. We moeten hier logeren. De politie is waarschijnlijk naar ons op zoek en dus kunnen we niet naar ons eigen huis.'

'Ja hoor, grappenmaker,' reageerde Betty nerveus en deed haar best de deur dicht te duwen.

Flower sprong op.

'Luister, Betty. Woodrow en ik hebben jullie geholpen toen Jed en jij moesten verdwijnen,' hoorde ze een andere mannenstem, woedend en vol dreiging. 'Waar zit Jed? Achter? Sleutels aan het namaken van die arme gasten hier, zodat hij over een paar maanden bij ze kan inbreken?'

Even later viel Betty struikelend naar achteren, omdat de deur met kracht werd opengeduwd. Er stonden twee mannen in de keuken. Toen de indringers Flower opmerkten, leken ze allebei te schrikken. Ik moet hier weg, dacht ze. Betty's hoofd draaide zich naar haar toe, de uitdrukking op haar net nog zo vriendelijke gezicht zag er plotseling angstaanjagend uit. Flower draaide zich om en wilde de keuken uit rennen. Maar voordat ze bij de deur was, voelde ze een stevige arm om haar middel en een hand op haar mond.

'En nu?' vroeg Betty met bittere stem aan Woodrow en Edmund, terwijl ze Flower stevig in haar greep hield.

Hoofdstuk 16

Duncan werd de kamer uitgereden en door de Reilly's uitge-
zwaaid, die ondertussen gezelschap van de loterijwinnaars hadden gekregen.

'Succes, Duncan,' wenste Marion hem toe, terwijl ze even-
tjes zijn hand aanraakte. 'Maandag moet je weer op de been
zijn hoor, want dan gaan we naar het hoofdkantoor van de
loterij om het lot officieel te overhandigen. Charley brengt
ons en we gaan er een gezellige dag van maken.'

'Bedankt, Marion,' reageerde Duncan mat.

Tommy en Ralph klopten hem op zijn schouders, maar zeiden verder niets.

Ze vertrouwen het nog steeds niet, dacht Glenda. Mijn god,
ik moet er niet aan denken hoe ze zouden reageren als ze wisten dat ik het andere winnende lot in mijn zak heb. Ik heb
nu twéé winnende loten bij me.

De hotelmanager kwam op het groepje aflopen. 'We zijn
de tafel aan het dekken in een van onze privé-eetkamers. Wij
nodigen u graag uit onze gast te zijn en in alle rust met elkaar
van een lunch te genieten.'

'Dat klinkt fantastisch,' reageerde Marion. 'Raar hè, anders
hadden we nu lunchpauze bij Conklin!' Ze richtte zich tot
Nora. 'Jullie gaan toch ook mee, hè?'

'Graag,' antwoordde Nora, en Marion en zij liepen samen
achter de hotelmanager aan.

Glenda tikte Regan op de arm, terwijl het groepje door de gang liep. 'Ik zou u graag even spreken. Het is heel belangrijk.'

Regan knikte en bleef stilstaan. Jack liep voor hen, samen met de burgemeester en Luke. En Muffy was met de brancard meegelopen naar de ambulance, met de cameraploeg in haar kielzog. 'Natuurlijk. Wat is er aan de hand?'

Glenda keek om zich heen om er zeker van te zijn dat niemand hen kon horen. 'Duncan zit in moeilijkheden...'

Regan luisterde aandachtig, terwijl Glenda haar verhaal deed.

'... dus heeft Duncan een groot risico genomen en dat lot van hen gestolen. Maar hij wil per se dat ze gestraft worden voor wat ze al die mensen die ze hebben opgelicht, hebben aangedaan. We moeten die twee schoften zo snel mogelijk achter de tralies zien te krijgen.'

'Voor we ze kunnen oppakken, moeten we eerst bewijzen hebben van hun oplichterspraktijken,' zei Regan. 'Heb je enig idee of Duncan iets op papier heeft gekregen, toen hij in die oliebron investeerde?'

'Dat weet ik niet. Maar ik heb hem beloofd om langs zijn huis te gaan en zijn mobiele telefoon te halen. Vanmorgen heb ik trouwens wel gezien dat zijn aantekeningen van de financiële cursus op de eettafel lagen.'

'Nou, dat is alvast een begin,' zei Regan. 'Ik ga Jack halen en dan kunnen we meteen met z'n drieën naar Duncans huis toe.'

'Wat ben ik blij dat je er bent, Regan. Dank je wel. Maar wat voor smoes kunnen we gebruiken om nu al te vertrekken? We moeten hier eigenlijk lunchen.'

'We zeggen dat je Duncan echt zo snel mogelijk zijn mobiele telefoon wilt bezorgen. Hij heeft nog niet met zijn verloofde kunnen praten en hij is nogal van streek. Het kan zijn dat hij urenlang in het ziekenhuis moet zitten en daarbij heeft hij je ook nog gevraagd of je zijn ring bij de juwelier op wilt halen, voordat de winkels dichtgaan.' Regan was even stil. 'Ik vind het heel vervelend om erover te beginnen, Glenda, maar weet je dat je ex daarnet buiten met de pers stond te praten?'

'Dat verbaast me niets,' reageerde Glenda stoïcijns.

Regan glimlachte. 'Eigenlijk komt het ons wel goed uit nu. Hij zag er nogal opgewonden uit. En dat is het perfecte excuus voor Jack en mij om jou te vergezellen. Je kunt op het moment maar beter niet in je eentje op pad.'

Glenda kon een lach niet onderdrukken. 'Geweldig! Als Harvey wist dat hij ons een dienst bewijst door over me te roddelen tegen de pers, zou hij het liefste ter plekke dood neervallen.'

Samen liepen ze de eetkamer binnen, waar iedereen net aanstalten maakte om te gaan zitten. Regan praatte op gedempte toon even met Jack, terwijl Glenda zich tot de anderen richtte. Tommy's ouders hadden zich nu ook bij het groepje aangesloten en Judy, Ralphs vrouw, was ook gearriveerd.

'Ik wou maar dat je niet weg hoefde!' kirde Marion. 'Maar ik begrijp wel dat je het voor die arme Duncan doet. Glenda, wat vind je ervan als we vanmiddag met z'n allen naar de bank gaan en het lot daar voor het weekend in de kluis leggen?'

'Ga je gang, zou ik zeggen. Doe het straks meteen maar, zonder mij, ik vertrouw jullie,' zei ze met een veelzeggende blik op Ralph en Tommy.

'Vertróúw je ons?' grapte Ralph. 'Glenda, zeg eens, wat is er gisteravond met Duncan gebeurd? Hoe komt hij aan dat gewonde been?'

'Hij is gevallen,' vertelde Glenda. 'Zoals je je wel voor kunt stellen was hij behoorlijk van streek toen hij hoorde wat het winnende lotnummer was en hij net deze keer niet had meegespeeld. Toen zijn auto niet wilde starten is hij gaan lopen en uitgegleden. Hij had nooit gedacht dat we zo vrijgevig zouden zijn dat we het geld met hem zouden delen. Jullie hebben toch wel eens gehoord van die arme man die altijd met vrienden van het werk meespeelde in de loterij. Op een dag was hij ziek en kon hij niet meedoen. Ze wonnen, maar hij mocht niet meedelen.'

'Jee, wat gemeen!' riep Marion uit en voegde eraan toe: 'Waar wilde hij heen, Duncan? Naar zijn vriendin? Woont ze ook hier?'

'Nee, in Californië.'

'Ik zou haar zo graag ontmoeten!' zei Marion. 'Misschien woont ze wel in de buurt van mijn kleinzoon. Hoe heet ze?'

'Flower.'

'Wat?' vroeg Marion, met haar ogen tot spleetjes geknepen of ze het wel goed had gehoord.

'Flower.'

'Hoe spel je dat?' vroeg Luke binnensmonds aan Nora.

'O,' reageerde Marion. 'Ik hoop dat ze de ring mooi vindt.'

'O, dat weet ik wel zeker. Regan en Jack Reilly zijn zo aardig om met me mee te gaan. Ze zagen Harvey buiten staan en hij was woedend.' En voor de grap voegde ze eraan toe: 'Marion, jij zei nog dat we misschien bodyguards moesten hebben. Nou, ik heb er tegenwoordig twéé.'

Er kwamen twee obers de eetkamer in, allebei met een notitieblokje in hun hand, klaar om de bestellingen op te nemen.

'Nou, ga maar dan,' kirde Marion. 'Maar vergeet niet dat lot hier te laten.'

Welk van de twee, dacht Glenda wrang, terwijl iedereen toekeek hoe ze het winnende lot uit haar portemonnee haalde en het aan Ralph overhandigde. Ze voelde het lot dat Duncan haar had gegeven gewoon bránden in haar zak. Straks krijg ik nog een hartaanval, dacht ze.

Regan zag dat haar moeders voelhorens op scherp stonden. Ze weet dat er iets aan de hand is. Niks aan te doen, ze zal moeten wachten tot we weer terug zijn om te weten te komen wat er is, maar ik zie nu al dat ze er niet goed van wordt.

'Ik haal de auto vast, als jullie dan voor de ingang wachten,' bood Jack aan, terwijl Regan, Glenda en hij de eetkamer uit liepen, naar de receptie. 'Glenda, ik hoop dat we je ex kunnen ontlopen als hij nog steeds hier in de buurt is.'

'Regan. Jack. Hallo, daar zijn jullie!' Alvirahs stem galmde door de lobby. Willy en zij stonden net in te checken bij de balie.

'Hoi, Alvirah,' riep Regan terug, terwijl ze naar haar zwaaide. 'Jullie zijn er snel!'

'Is dat Alvirah Meehan?' fluisterde Glenda tegen Regan.

'Ja,' antwoordde Regan. 'Die arme moeder van mij vroeg zich al af waarom we opeens vóór de lunch weg moesten en zat werkelijk te smáchten om erachter te komen, maar hier wegkomen zonder dat Alvirah nattigheid voelt, is bijna een onmogelijke opgave. Die wil zeker met ons mee.'

Glenda was even stil. 'Ik heb over de zaken die ze heeft opgelost, gelezen. En ze is altijd zo zorgzaam voor mensen die, net als zij ooit, de loterij hebben gewonnen en in moeilijkheden zijn geraakt. Ik vertrouw haar en ik weet zeker dat dat ook voor Duncan geldt. Als ze mee wil, is het prima, wat mij betreft.'

'Geloof me,' zei Regan. 'Ik ken Alvirah en die wil zeker mee.'

Hoofdstuk 17

Sam Conklin rende zijn kantoortje achter in de winkel binnen en sloeg de deur achter zich dicht. Precies op dat moment ging zijn telefoon. Het was Richard, zijn zoon, van wie hij ooit had gehoopt dat hij in de zaak zou komen. Maar de geur van schmink en het geluid van applaus hadden onweerstaanbaar aan hem getrokken en nu, op zijn tweeënveertigste, was Richard een gesetteld acteur. Hij was net klaar met een stuk waarmee hij negen maanden in Boston op de planken had gestaan en zou al gauw weer naar zijn appartement in New York vertrekken.

'Pap, wat is daar allemaal aan de hand? Op het nieuws hoor ik steeds over de loterijwinnaars van Conklin. En ze moeten verkeerd geïnformeerd zijn over die bonussen. Dat kan niet waar zijn, dat je die niet hebt gegeven. Je geeft altijd een bonus, en een ruime ook.'

Sam liet zich in zijn stoel zakken en leunde met zijn hoofd in zijn handen. 'Het is wel waar,' bekende hij; hij voelde zich miserabel. 'Rhoda had me dat aangepraat.'

'Goh, waarom verbaast me dat niets?' vroeg Richard uit het veld geslagen. 'Ik kan dat mens niet uitstaan.'

'Ik ook niet,' gaf Sam toe.

'Echt? Dat klinkt me als muziek in de oren,' zei Richard. Zijn stem klonk plotseling opgewekt. 'Ze schept alleen maar problemen, al vanaf het allereerste begin. En als je er dan aan denkt wat voor lieve schat mama was...'

'Ja, ik weet het, ik weet het,' onderbrak Sam hem. 'Van-ochtend was een regelrechte nachtmerrie. Alleen maar slechte publiciteit. Ik heb meer dan veertig jaar keihard gewerkt hier en, zoals je net al zei, altijd geprobeerd goed en genereus te zijn tegenover mijn werknemers. Ik schaam me zo verschrikkelijk, dat ik me door haar heb laten ompraten om die foto's van die verdomde trouwerij aan hen te geven in plaats van de bonus, die ze gewoon verdienen. Je had hun gezichten eens moeten zien, gisteravond. Die zal ik mijn leven lang niet vergeten. Ik zal mezelf er altijd om blijven haten...'

'Pap, rustig nou maar.'

'Richard, ik word doorlopend gebeld voor interviews. Iedereen vindt me een knieperd. Ik schaam me gewoon om door de winkel te lopen vandaag. Mijn oudste vaste klanten vinden me een walgelijk mens, dat voel ik gewoon. En buiten dat mis ik mijn vijf beste medewerkers, het is hier een chaos. En we moeten ook nog het Vreugdefestival hier cateren...'

'Ik hoef maandag pas weer in New York te zijn, dus spring ik nu in de auto en kom ik naar je toe. Ik heb vaak genoeg in de winkel gewerkt om je een handje te kunnen helpen.'

'Richard, nee, dat hoef je echt niet voor me te doen. Je toneelstuk is net afgelopen en je hebt eindelijk een paar dagen vrij.'

'Maakt niet uit, pap. Ik ben er over een paar uur.'

Sam voelde een brok in zijn keel. Wat zou het heerlijk zijn iemand te zien die hem goedgezind was. 'Dank je wel, zoon,' zei hij. 'Je hebt geen idee hoe fijn ik dat vind.'

Sam verbrak de verbinding. Hij voelde zich een beetje beter. Zo, nu eerst een kop koffie, dacht hij, en dan werp ik me weer voor het vuurpeloton. Hij liep naar de koffie, die hij altijd klaar had staan in zijn kantoortje. Op het moment dat hij een mok pakte, vloog de deur achter hem open. Zonder zich om te draaien wist hij wie dat was. Ieder ander zou eerst hebben geklopt voor hij of zij binnenkwam. Iedereen, behalve de vrouw met wie hij al zes maanden getrouwd was. Sam zette zich schrap.

'Ik heb net dat joch op de versafdeling ontslagen!' begon Rhoda kwaad. 'Hij kan helemaal niks!'

Sam draaide zich razendsnel om. 'Heb je hem ontslagen? Nu we alle hulp die we maar kunnen krijgen, broodnodig hebben. Heb je hem ontslagen? Tien tegen een dat hij nu buiten een interview staat te geven, trouwens!'

'Hij deed onbeleefd tegen me toen ik hem probeerde uit te leggen hoe je tomaten opstapelt. Toen presteerde hij het ook nog om te zeggen dat hij het niet gek vond dat iedereen me hier het stinkdier noemt!'

Sam knipperde met zijn ogen. 'Het stinkdier?'

'Het stinkdier, ja. Zo noemen ze me, achter mijn rug om.'

Geen slechte naam, dacht Sam, terwijl zijn blik bleef rusten op de witte streep in haar voor de rest gitzwarte haar. Hij voelde zich in verlegenheid gebracht en moest er tegelijkertijd een beetje om lachen. De mensen hier hebben haar door en ze moeten me wel een enorme debiel vinden dat ik ooit met haar ben getrouwd. 'Je had het recht niet om die jongen te ontslaan,' zei hij kwaad. 'Zach doet zijn best en het is een goeie jongen. Ik ga naar buiten om te kijken of ik hem nog te pakken kan krijgen.'

'En dus ga je tegen mijn wil in?' vroeg Rhoda ontzet. 'Met alles wat ik doe om te proberen de boel hier vandaag draaiend te houden?'

Sam keek haar boos aan. 'Ik kan je één ding vertellen, Rhoda. Ik had geen enkele hulp nodig gehad hier, als jij me niet zo op mijn huid had gezeten om die stomme foto's aan mijn vijf beste medewerkers te geven. Tot jij op het toneel verscheen, waren we gewoon een soort familie van elkaar. En of ze nou plotseling miljonair zijn geworden of niet, ik weet zeker dat ze hier anders vanmorgen vroeg zouden zijn geweest om ons door de catering voor het festival heen te helpen. We zouden er gewoon een feestje van hebben gemaakt.'

'Hoe dúrf je,' zei Rhoda woedend.

'Hoe durf jij?'

'Ik pak mijn koffers en ga naar Boston dit weekend. Gelukkig dat mijn appartement nog niet is verkocht.' Ze haastte zich langs hem heen de winkel in. 'Veel plezier met dat stomme festival,' schreeuwde ze over haar schouder.

'Dat zal nu wel lukken!' riep hij haar na, terwijl de klanten stil bleven staan om de woordenwisseling te kunnen volgen. 'En doe me een plezier,' voegde hij eraan toe, niet in staat om zich in te houden. 'Haal dat snobistische appartementje van je maar uit de verkoop!'

En alsof het zo was afgesproken, begonnen de klanten te applaudisseren.

Hoofdstuk 18

'Dus dáár heeft hij de hele nacht gezeten? Op de keldervloer van dat akelige huis, luisterend naar die oplichters, die hem en alle andere mensen die ze hadden belazerd, nog eens belachelijk maakten!' riep Alvirah uit, terwijl zij, Regan, Jack en Glenda op weg waren naar Duncans huis.

'Precies!' reageerde Glenda.

'Nou, ik ben blij dat hij dat lot heeft kunnen bemachtigen. En heb jij dat nou in bewaring?'

'Hij wist niet wat hij er mee aan moest. Ik denk eigenlijk dat hij behoorlijk in shock is.'

'Ja, dat lijkt me logisch,' mompelde Alvirah. 'Mag ik het zien?'

'Natuurlijk. Ik ben doodsbang met dat ding de hele tijd in mijn zak. Ik blijf maar voelen of het er nog in zit.' Glenda haalde het lot eruit. 'Hier is het.'

Eerbiedig pakte Alvirah het van haar aan en bekeek het aandachtig. Toen schudde ze haar hoofd en boog naar voren. 'Moet je kijken, Regan. Ik denk niet dat je ooit nog zoiets waardevols in je handen zult hebben.'

Jack had geïnteresseerd zitten luisteren. 'Weet je Glenda,' begon hij. 'Duncan wil dan wel niet dat die oplichters hun geld krijgen, maar we zullen dit lot moeten overhandigen aan de politie. Maar ik kan je verzekeren dat als die mannen mensen hebben opgelicht, er niets uitbetaald zal worden tot al hun slachtoffers een vergoeding hebben ontvangen.'

'Duncan zou het echt vreselijk vinden als ze dit lot in zouden kunnen wisselen, maar het allerbelangrijkste vindt hij nog dat ze achter de tralies komen.' Glenda was even stil. 'Kan Duncan in de problemen raken, omdat hij dit lot heeft gepakt?' vroeg ze bezorgd. 'Zouden ze het als diefstal kunnen zien?'

'Dat is het laatste waarover ik me zorgen zou maken. Ik denk niet dat die twee in de positie zullen zijn om een aanklacht tegen hem in te dienen.'

Hoe verder ze van het dorp waren, hoe landelijker de omgeving werd. De huizen lagen veel verder uit elkaar en het leek wel of iedereen kerstversiering had aangebracht. Op een gegeven moment zagen ze zelfs een echte slee en een levensgrote Kerstman op een dak staan.

'We zijn er bijna,' zei Glenda. 'Het is de volgende straat rechts. De weg kronkelt een beetje en Duncans huis is het laatste, helemaal aan het eind.'

Even later mompelde ze: 'O, kijk, er staat een auto geparkeerd.'

Toen ze het huis naderden, vertrok het busje van BUZ blijkbaar net en kwam hun even later tegemoet rijden.

'Die waren bezig met de "vooraf"-opnames voor het programma "Hoe de rijken wonen",' was Alvirahs commentaar.

'Ze zouden mijn huis eens moeten zien,' zei Glenda, terwijl Jack Duncans oprit op reed. 'Ik haal de sleutels wel uit de auto. Ik heb ze vanmorgen maar weer terug in het contact gedaan. Ik wist niet wat ik er anders mee moest.'

Op het moment dat ze het huis binnenstapten, hoorden ze de telefoon overgaan. 'Ik zal maar opnemen,' zei Glenda en haastte zich naar het toestel. 'Hallo.'

'Hallo,' hoorde ze een opgewekte vrouwenstem. 'Is meneer Duncan Graham daar?'

'Noo, helaas niet. Wilt u een boodschap achterlaten?'

'Ja, graag. Wij zamelen geld in voor de organisatie Mensen Tegen Regeringen in Iedere Gedaante of Vorm. We zouden graag een afspraak met meneer Graham maken om te bespreken of...'

Glenda liet de hoorn terug op de haak vallen. 'Een of andere gekkin die Duncan zijn geld al afhandig probeert te maken, voordat hij het werkelijk hééft,' was haar commentaar.

'Zet je maar schrap,' luidde Alvirahs advies. 'Jullie zullen allemaal gebombardeerd worden met dat soort telefoontjes. De uitdrukking is dat ze opeens uit alle gaten en holen tevoorschijn komen, maar ik zeg altijd dat het meer op een invasie van Mars lijkt.'

Glenda wees op de stapels papieren die op de eettafel lagen. 'Regan, daar liggen de aantekeningen van de cursus financiën, waarover ik je vertelde.'

Ze namen ieder een gedeelte en bladerden dat door.

'Nou, het moeten wel genieën zijn, die twee van deze cursus,' zei Alvirah, terwijl ze een papier omhooghield. 'Doe de lichten uit als je een kamer verlaat. Bedenk wat je wilt pakken, voor je de deur van de koelkast opent.' Ze legde het papier weer terug. 'En Duncan heeft voor dit soort advies betááld?'

'Ik weet nooit waar ik trek in heb, tot ik de koelkast opendoe en kan bekijken waar ik zin in heb,' merkte Jack op.

'Ik geloof niet dat hier iets bij zit over een oliebron,' mopperde Alvirah. 'Tenzij het in onzichtbare inkt is geschreven.'

'Nee, hier is niets te vinden,' beaamde Regan. 'Maar ze moeten hem toch een of andere kwitantie hebben gegeven, een bewijs dat hij vijfduizend dollar heeft ingelegd.'

'Als we dat niet vinden, kunnen we geen kant op,' zei Jack.

'Ik denk niet dat Duncan het erg vindt als ik nog even verder zoek,' zei Glenda. 'Hij vroeg tenslotte of ik hem hiermee wilde helpen.'

'Oké, ik weet dat jullie nu denken dat ik jullie voor de gek hou, maar vergeet niet onder zijn matras te kijken,' suggereerde Alvirah.

'Nee, je maakt een grapje,' reageerde Glenda. 'Of... niet?'

'Nee, echt niet. Ik had vijf schoonmaakadressen in de week

en bij twee van hen bewaarden ze geld en belangrijke papieren onder hun matras. En een derde verstopte daar haar dagboek, wat ik, tot mijn trots, nooit heb gelezen, hoewel het wel verleidelijk was, het was zo'n bijzondere vrouw.'

Glenda toog naar de slaapkamer. Even later riep ze triomfantelijk: 'Alvirah! Je gelooft het niet, maar je hebt gelijk!' Glenda kwam de woonkamer weer binnenrennen, met een juridisch uitziende envelop in haar handen, waarop een logo van een spuitende oliebron stond. Ze gaf hem aan Jack.

'O, god,' mompelde Jack. 'Die jongens zijn echt schaamteloos. Laten we eens kijken wat erin zit.' Hij haalde een stuk papier uit de envelop en hield het voorzichtig alleen aan de rand vast. 'Misschien waardevol in verband met vingerafdrukken,' verklaarde hij, terwijl de anderen over zijn schouder meekeken.

'Nou, ze hebben zeker hun best gedaan om dit document er officieel uit te laten zien, maar ik kan jullie nou al vertellen dat die zegel nep is,' verzuchtte Alvirah. 'Een paar mensen uit mijn Steungroep voor Loterijwinnaars, die zijn opgelicht, hebben papieren die hier verdomd veel op lijken.´

'Ik zal het bureau bellen en dit bedrijf na laten trekken,' zei Jack. 'Zodra ze bewijs hebben dat het niet legaal is, bel ik het kantoor van de officier van justitie. Die kan dan een arrestatiebevel uitvaardigen, waarmee die oplichters opgepakt kunnen worden.'

'Arme Duncan,' zei Glenda. 'Hij heeft voor iedere cent die hij aan die klootzakken heeft gegeven, keihard moeten werken. En alles wat hij ervoor terugkrijgt is een speelgoedcertificaat. Het is zo triest.'

'Ach, die twaalf miljoen zal hem wel opvrolijken, Glenda,' merkte Jack met een klein glimlachje op, terwijl hij zijn mobiele telefoon pakte.

Regan richtte zich tot Glenda. 'Duncan kan hier beter niet slapen vannacht. En dat geldt ook voor jou, jij moet ook niet alleen thuis zijn nu.'

'Met Harvey hier in het dorp zou ik niet eens wíllen,' reageerde Glenda vol vuur. 'Ik pak wel wat spullen voor Duncan in. We kunnen allebei beter in de Inn overnachten, met jullie.'

'Goed idee. Oké, waar zei hij dat we naar zijn telefoon moesten zoeken?'

'Waarschijnlijk in de buurt van zijn gemakkelijke stoel.'

'Ik kijk wel even,' zei Alvirah en liep naar de stoel toe. 'Niet op de zitting, niet op de armleuning... o, hier is-ie... hij was al weggezakt tussen de zijkant en het kussen...' Op het moment dat ze de telefoon uit de spleet opviste, begon hij te rinkelen. Ze keek op het schermpje wie er belde. 'Hier staat: "Mam en Pap". Wat schattig.'

'Geef maar,' zei Glenda. 'Duncan heeft een boodschap voor zijn ouders ingesproken, toen hij zat te wachten op de ziekenauto.' Ze drukte het toestel tegen haar oor. 'Hallo. U spreekt met een vriendin van Duncan, Glenda,' begon ze, en was vervolgens stil. 'Nee, mevrouw Graham, er is niets met hem aan de hand, alles is in orde. Ja, het is waar: hij heeft echt twaalf miljoen dollar gewonnen... u hebt tot nu toe geslapen?... uhuh... nee, ik denk niet dat u een vliegtuig hoeft te nemen om hem bij te staan... hij is nu in het ziekenhuis om zijn been te laten onderzoeken... ik ga nu zijn mobiele telefoon naar hem toe brengen en dan zal ik er zeker voor zorgen dat hij u belt... dag.'

Glenda liet de telefoon in haar tas vallen. 'Duncans ouders zijn echte nachtuilen. Ze zijn net wakker. En ze hoorden nu pas iets over de loterij, omdat Duncan een bericht had ingesproken.'

'Nou, die moeten wel een schoon geweten hebben,' merkte Alvirah op.

'Dat kun je wel zeggen, ja,' zei Regan instemmend. 'Maar er zijn hun op deze manier ook een hoop zorgen bespaard.'

Terwijl Glenda wat spullen inpakte voor Duncan, bestudeerden Alvirah en Regan de foto's op de schoorsteenmantel. Er was er een van een jonge vrouw met schouderlang lichtbruin haar. 'Dat moet Flower zijn,' zei Regan. 'Als Duncan in de Inn gaat overnachten, is hij vast blij met deze foto.'

Een kwartiertje later reden ze weer door de drukke hoofdstraat, op weg naar het ziekenhuis.

'Nog maar een paar uur en dan begint het Vreugdefestival,' zei Glenda. 'Wat is daar aan de hand? Nee hè, het is toch niet te geloven.'

Voor de etalage van Petties juwelierszaak stonden een verslaggever en een cameraman te praten met een groep mensen die zich daar hadden verzameld. 'Die staan natuurlijk allemaal te gapen naar Duncans ring. Laten we even stoppen,' zei Glenda heftig. 'Regan, dat was een goed idee van je om tegen de anderen te zeggen dat ik Duncans ring op moest halen. En dat ga ik nu doen ook. Jack, daar is een plekje om te parkeren. Kun je daar alsjeblieft gaan staan?'

'Tuurlijk.'

'Denk je dat die juwelier je die ring mee zal geven?' vroeg Regan. 'Hij krijgt op deze manier een hoop publiciteit en daar is het hem natuurlijk om te doen.'

'Dat is hem geraden.'

'We gaan met je mee naar binnen,' bood Jack aan. 'Dan zorgen we wel dat hij hem aan je geeft.' Hij parkeerde en ze stapten allemaal uit.

Toen ze langs de verslaggever liepen, hoorden ze hem zeggen: 'Iedereen die het ermee eens is dat Duncan Graham nu een veel mooiere ring voor zijn vriendinnetje moet kopen, steekt zijn hand op.'

Glenda wierp hem een minachtende blik toe, terwijl zij, Jack en Regan zich de winkel in haastten. Voordat ze achter hen aan kwam, wierp Alvirah even een blik in de etalage en verstijfde plotseling. Zich verontschuldigend, wrong ze zich door het publiek heen om de ring beter te kunnen bekijken. En toen ze hem echt goed kon zien, werden haar ogen groot van verbazing. De ring had de vorm van een bloem, met in het midden een diamant en eromheen verschillend gekleurde halfedelstenen, die de bloemblaadjes voorstelden. Alvirah maakte de bovenste knopen van haar jas open en schakelde de verborgen microfoon in de broche op haar revers in. Als ze bezig was met een zaak en een belangrijk gesprek had, zette ze dat ding altijd aan, om later nog eens precies te kunnen horen wat er was gezegd.

Toen Alvirah de zaak binnenkwam, pakte de juwelier net, met een ontstemd gezicht, de ring uit de etalage. Buiten ging er protest op, wat hem nog chagrijniger maakte.

'Hij is er niet gelukkig mee, maar hij vindt het goed als wij de ring meenemen,' zei Regan tegen Alvirah.

'Wat belangrijker is, is hoe hij eraan komt,' fluisterde Alvirah. 'Misschien heb ik mijn verstand verloren, maar volgens mij is dit de ring die werd vermist nadat Kitty Whelan, de beste vriendin van mevrouw O'Keefe – van mijn vrijdagse schoonmaakhuis –, bij haar thuis dood op de grond werd aangetroffen.'

Hoofdstuk 19

'Betty, waar ben jij nou in vredesnaam mee bezig,' vroeg Edmund gealarmeerd. 'Ben je gek geworden?'

'Niet zo gek dat ik niet meer weet dat dit meisje oren heeft,' reageerde ze boos, terwijl ze de tegenstribbelende Flower met gemak in haar armen hield opgesloten. Ze keek omlaag. 'Flower, mag ik je voorstellen: de financieel adviseurs van je vriendje. Het zijn echt genieën.'

'Waar heb je het over?' vroeg Woodrow.

'Haar vriendje heeft gisteravond de Powerballoterij gewonnen.'

'Wie is dat dan?'

'Duncan.'

'Duncan!' barstten beide mannen tegelijk uit.

'Ja, gelukkig heeft hij jullie advies niet ter harte genomen.'

'Dat heeft hij wél gedaan,' zei Edmund. 'Hij heeft niet meegespeeld, maar zijn collega's laten hem meedelen in de prijs.'

'En wij hebben ons eigen advies ook niet opgevolgd en het ándere winnende lot gekocht, maar we vermoeden dat Duncan dat van ons heeft gestolen.'

'Wát? Hoe heeft hij dát voor elkaar gekregen?'

Vol tegenzin begon Edmund het uit te leggen. 'Waarschijnlijk is er gisteravond iemand in ons huis geweest. Op een gegeven moment hoorden we lawaai – alsof er iets van de keldertrap viel. Maar we waren te lui om te gaan kijken wat dat was. Als er iemand daar beneden heeft gezeten, heeft hij alles kunnen horen wat we zeiden en dus wist hij dat we het winnende lot in de vriezer hadden verstopt. We zijn er vrij zeker van dat het Duncan is geweest.'

'Hoezo?'

'Volgens de radio is hij de hele nacht vermist geweest en toen hij een uur geleden eindelijk kwam opdagen, liep hij te hinken alsof hij ergens een smak had gemaakt.' Edmund hield even zijn mond en voegde er toen aan toe: 'En we hebben de getallen gebruikt waar hij van zei dat hij ermee wilde gaan spelen.'

Ondanks haar angst voelde Flower een golf van geluk door zich heen gaan. Dus Duncan had haar helemaal niet in de steek gelaten! Hoe heb ik toch ooit het geloof in mijn Duncan Donuts kunnen verliezen? vroeg ze zich af.

'Maar dit maakt het makkelijk,' zei Woodrow. 'Duncan geeft ons het lot en hij krijgt zijn vriendinnetje terug.'

'Hij heeft haar gedumpt,' siste Betty. 'Sinds hij weet dat hij de loterij heeft gewonnen, heeft hij niets meer van zich laten horen. Zo happig zal hij dus…'

Flower, haar vertrouwen in Duncan helemaal terug, probeerde in Betty's hand te bijten.

'Rustig, jij,' snauwde Betty. 'Of ik maak gehakt van je.' Ze keek de twee mannen aan. 'Als je dat lot in handen krijgt, deel je het geld door vieren en geef je Jed en mij ieder ons deel.'

'Dat lijkt me een beetje overdreven, Betty,' klaagde Edmund.

'Overdreven? Jed en ik kunnen nu niet meer hier in Branscombe blijven wonen en trouwens, met haar kunnen we hier ook niet de hele dag zo blijven staan,' mopperde ze ongeduldig. 'Het hotel zit helemaal vol en er komen straks zeker een paar mensen terug voor de thee.'

'Daar ben ik van overtuigd,' zei Woodrow sarcastisch. 'Die scones van je zijn heerlijk.'

Betty keek hem aan alsof ze hem wel kon vermoorden. 'Pak

een theedoek. Er ligt touw daar in de la bij het fornuis…'

Wat zijn ze met me van plan? dacht Flower. Vooral Betty. Die is slecht. Flower voelde dat Betty haar hand weghaalde van haar mond, maar voor ze kon gillen, propte Woodrow een theedoek in haar mond en bond die stevig vast. Edmund wikkelde touw om haar enkels en vervolgens rukte Betty Flowers handen ruw naar achteren. Edmund bond ze op haar rug vast.

'We brengen haar naar het schuurtje,' beval Betty. 'Woodrow, pak een tafelkleed uit de kast bij de haard. Daar kunnen we haar mee toedekken.'

Woodrow deed wat hem werd gezegd. 'Ik draag haar wel,' bood hij aan met het kleed in zijn hand.

'Nee, jij hebt al genoeg schade aangericht door hier opeens voor de deur te staan. Je laat haar waarschijnlijk uit je klauwen vallen.' Met één beweging gooide Betty Flower over haar schouder en bleef ongeduldig staan wachten tot Woodrow het tafelkleed had uitgevouwen en over hun slachtoffer had gedrapeerd. 'Jed krijgt een toeval als hij dit ziet,' mopperde Betty verder. 'Kom op.'

Flower wilde Betty het liefst een keiharde trap geven, maar ze wist dat dat zinloos zou zijn. Doordat ze een koude wind voelde, wist ze dat ze buiten was.

Edmund rende vooruit en deed de deur van het schuurtje open. Toen ze binnen waren, liet Betty Flower in een oude terrasstoel vallen en trok het tafelkleed ruw van haar af. Terwijl Flowers ogen nog moesten wennen aan het schemerige licht, nam ze de onheilspellende omgeving al in zich op. Een werkbank vol roestige verfblikken, schoppen, schoffels en rieken, die her en der aan de wanden hingen, een sneeuwruimer met een lekke band vlak naast haar voeten. Maar plotseling gleed er een stuk van de achterwand open en hield Flower verbouwereerd haar adem in. Jed, de vriendelijke eigenaar, die haar tas naar boven had gedragen, stond in de opening. Achter hem ontdekte Flower een groot computerscherm en een keurig kantoor, uitgerust met de meest moderne apparatuur.

Woedend blafte Jed: 'Ik wist wel dat we in de problemen zouden raken, toen jullie twee hier in het dorp kwamen!'

'Dit heb je anders te danken aan de onbeschoftheid van je vrouw,' schreeuwde Edmund opgewonden. 'Als ze ons gewoon zou hebben binnengelaten...'

'Uit de weg, Jed,' beval Betty. 'We moeten haar in jouw kantoor verborgen houden.'

'Wat?' protesteerde Jed. 'Betty, ze mag niet zien wat...'

'Maakt niet uit,' reageerde Betty. 'Want zolang onze Flower, dit bloempje hier, blijft bloeien, zullen wij nooit veilig zijn.'

Hoofdstuk 20

'Je hebt je scheenbeen gebroken, vlak boven de enkel,' zei dokter Rusch, een oudere man met peper-en-zoutkleurig haar en een montuurloos brilletje op zijn neus, terwijl hij de röntgenfoto omhoog hield. 'Hoe heb je dat voor elkaar gekregen?'

'Ik ben van de trap gevallen,' antwoordde Duncan.

'Gelukkig heb je de schade niet verergerd, toen je op dat been bent blijven voorthobbelen.' Hij gaf een paar geruststellende klapjes op Duncans arm. 'Je moet ongeveer zes weken in het gips.' Er verscheen een glimlach op zijn gezicht. 'Maar ik denk niet dat je je druk hoeft te maken dat je dan niet kunt werken.'

'Nee, ik denk het niet,' zei Duncan stilletjes.

'Heb je veel pijn?'

'Ja, nogal,' bekende Duncan.

'Ik zal je een pijnstiller geven. Het kan zijn dat je er een beetje suf van wordt.'

'Dokter, ik heb mijn mobiele telefoon niet bij me. Ik vind het vervelend om te vragen, maar zou ik alstublieft die van u mogen gebruiken? Ik moet mijn vriendin heel even spreken.'

Dat is voor het eerst, dacht dokter Rusch geamuseerd. Geen enkele patiënt heeft me dat ooit gevraagd. Blijkbaar verandert het schip met geld niets aan wat iemand bezighoudt. 'Duncan, ik ben bang dat hier in het ziekenhuis geen mobiele telefoons mogen worden gebruikt. Maar wat vind je ervan om mij het nummer te geven, dan zal ik aan de receptioniste vragen of ze je vriendin belt en een boodschap doorgeeft.'

'Als ze tegen mijn vriendin zou willen zeggen dat ik haar gauw bel, heel graag. Dank u wel,' zei Duncan en deed zijn best om niet al te teleurgesteld te klinken.

Tien minuten later kwam de arts het hokje waar Duncan lag, weer binnenlopen. 'Nou, je vriendin moet erg populair zijn. Haar mailbox was vol.'

Er is iets mis, dacht Duncan. Er is iets mis. Ik weet het zeker.

Er verscheen een verpleegster aan zijn bed. Ze overhandigde hem een glas water en een tabletje. 'Hierdoor zult u zich wel iets beter gaan voelen. Het duurt nog even voordat u op de gipsafdeling terechtkunt. Er zijn nog een paar skiërs voor u. Misschien kunt u proberen even te slapen.'

Duncan slikte zijn medicijnen, ging liggen en deed zijn ogen dicht. Maar het gevoel dat er iets met Flower aan de hand was, maakte dat hij zich niet kon ontspannen en dus ook niet in slaap sukkelde. Haar stem maalde door zijn hoofd: 'Ik ben bang, Duncan,' fluisterde ze. 'Help me. Ik ben bang.'

Hoofdstuk 21

Horace Pettie gooide het WE MISSEN JE-bordje ergens achter in de winkel en plopte toen de ring op een fluwelen kussentje, dat op de toonbank lag. 'Ik heb deze ring zes maanden lang voor Duncan vastgehouden. En hij had maar vijftig dollar aanbetaald,' zei hij zuur. 'Ik ken geen enkele juwelier die zoiets zou doen. En doordat de ring de afgelopen paar uur in de etalage heeft gelegen, heb ik een paar Vreugdefestival-bedeltjes kunnen verkopen. En nu is Duncan opeens van streek omdat de mensen zijn ring kunnen zien? Jammer voor hem dan.'

'Ja, daar ben ik het helemaal mee eens,' zei Luella er meteen bovenop, terwijl ze een rode strik om een pakje in cadeaupapier bond en het aan de enige klant die nu nog in de winkel was, overhandigde. 'Ik werk al twintig jaar voor meneer Pettie en hij is altijd één en al vriendelijkheid tegen de mensen hier in Branscombe. Dat bewijst maar weer eens dat het niet waar is wat ze zeggen: wie goed doet, goed ontmoet. Waar of niet waar, mevrouw Graney?'

De kwieke zeventigjarige knikte. 'Mmmm hmmm. Het lijkt mij dat Duncan Graham nergens meer van streek om hoeft te raken, met zijn twaalf miljoen. Gelukkig kerstfeest allemaal,' zong ze nog, terwijl ze de winkel uit liep.

Alvirah wachtte tot de deur achter haar helemaal dicht was. 'Zo, nu kunnen we rustig praten. Mijn verontschuldigingen, meneer, maar het is noodzakelijk dat ik u vraag hoe u aan die ring komt.'

Horace Pettie keek verschrikt op. 'Vanwaar die vraag?'

'Omdat hij waarschijnlijk is gestolen,' antwoordde Alvirah, terwijl ze nogmaals voelde of de microfoon in haar broche wel aanstond.

Petties mond kneep samen. 'Als u daarmee wilt insinueren dat ik deze ring op een onrechtmatige wijze in mijn bezit heb gekregen, hebt u het helemaal mis. En nu zou ik het op prijs stellen, als u mijn winkel direct verlaat.'

'Ik insinueer helemaal niets en ik beschuldig u al helemaal nergens van. Het laatste wat ik wil is u van streek maken,' zei Alvirah haastig. 'Maar ik kan u vertellen dat die ring is verdwenen uit het huis van een vrouw die acht jaar geleden, onder verdachte omstandigheden, dood is aangetroffen in haar huis in New York.'

'Wát?' vroeg Glenda met opengesperde ogen.

Jack keek nog eens naar de ring. 'Déze ring, Alvirah?'

Alvirah knikte. 'Die ring, ja. Ik weet het zeker.'

De armbanden om Luella's arm maakten een rinkelend geluid, toen ze met haar hand op de toonbank sloeg. 'Hoe kunt u er zo zeker van zijn dat het dezelfde ring is?' vroeg ze boos.

'De dame van wie deze ring was, Kitty Whelan, hield erg van tuinieren. Haar echtgenoot heeft deze ring voor haar laten maken, voor haar vijftigste verjaardag. De diamant in het midden en de bloemblaadjes eromheen hebben de kleuren van haar favoriete bloemen.' Alvirah wees ze één voor één aan. 'Kijk – wit voor lelies, rood voor rozen, geel voor narcissen en paars voor viooltjes. Kitty was dól op die ring. Nadat haar man was gestorven, had ze hem iedere dag om. Ik werkte toen voor een mevrouw die Bridget O'Keefe heette, een goede vriendin van Kitty. Ik kwam er alleen op vrijdag, maar voordat Kitty haar hartaanval kreeg, kwam ze daar vaak op bezoek. Ik heb die ring heel vaak gezien en Kitty was er trots op dat er maar één van op de wereld was. Speciaal voor haar gemaakt. Maar toen Kitty's neef haar dood onder aan de trap vond, had ze de ring niet om. En hij heeft hem nooit meer gevonden, ook niet toen hij het huis leeghaalde.'

'Misschien had ze een speciaal plaatsje waar ze die ring opborg, als ze hem niet droeg,' zei Luella. 'Hebt u enig idee hoe vaak wij hier horen over sieraden die op de gekste plekken worden gevonden? Zelfs na jaren en jaren?'

'Ja, daar hebt u gelijk in,' beaamde Alvirah. 'Maar er zit meer vast aan dit verhaal. Kitty's neef ontdekte dat haar spaarrekening bijna leeg was gehaald, waarschijnlijk door een gezelschapsdame die de paar maanden daarvoor bij Kitty in dienst was geweest. En daardoor kwam natuurlijk de vraag naar boven of de dodelijke val die Kitty van de trap had gemaakt, wel een ongeluk was geweest. Maar tegen die tijd was de gezelschapsdame al in het niets verdwenen en ze is daarna nooit meer ergens gesignaleerd.'

'Dat soort verhalen vind ik echt misselijkmakend,' verzuchtte Luella. 'Een mevrouw in het stadje waar mijn zus woont, is ook van haar hele hebben en houden beroofd door een zogenaamde' – ze pauzeerde even en maakte twee onzichtbare aanhalingstekens met haar vingers in de lucht – '"hulp". Wat bleek? De "hulp" betaalde al haar privéboodschappen, voor haar gezin, familie en vrienden, met de creditcard van de oude mevrouw. Duizenden dollars die aan eten werden uitgegeven en dat arme vrouwtje woog nog niet eens vijftig kilo! Hoe het kan dat de accountant geen alarm heeft geslagen, is mij een raadsel. Door een wantrouwende caissière kwam het uiteindelijk aan het licht: zij wist dat het vrouwtje niet alleen allergisch was voor vis, maar dat ze er zelfs eens door in het ziekenhuis was terechtgekomen. Toen de "hulp" vijftien kreeften en drie kratten bier wilde betalen met de creditcard van de oude mevrouw, waarschuwde de caissière haar baas. Bleek het die dag de verjaardag van het vriendje van de "hulp" te zijn. Ze wilde een feestje voor hem en zijn laag-bij-de-grondse vrienden geven.'

Luella liet haar armen langs haar lichaam vallen. 'Schandalig, echt schandalig.'

En ik heb net een hoop kostbare opnameband aan dat verhaal verknoeid, dacht Alvirah. 'Dus ik denk dat u wel begrijpt waar ik het over heb?'

'Zeker wel,' zei Pettie, duidelijk opgelucht dat hij niet werd beschuldigd van iets verkeerds. Integendeel, hij genoot van het drama dat de ring omringde. 'Ik begrijp het heel goed. Ik herinner me zelfs een verhaal over een neef van mijn vrouw, die...' De deur ging open en er kwamen nieuwe klanten binnen. Pettie onderbrak zichzelf. 'Ik zal u daar nu niet mee lastigvallen,' zei hij haastig. 'Maar om uw vraag te beantwoorden: deze ring is op straat gevonden door een man die zijn hele leven lang al hier in Branscombe woont. Zijn naam is Rufus Blackstone. Hij heeft hem hier in consignatie gegeven en ik kan u wel vertellen dat hij nou niet bepaald blij was met het feit dat ik hem zo lang voor Duncan wilde vasthouden. Die Blackstone is nogal een humeurig mannetje. Ik loop even naar achter om zijn telefoonnummer voor u op te zoeken. Glenda, wilde jij dit met je creditcard betalen?'

'Laat mij hem maar betalen,' bood Alvirah aan. 'Die ring moet terug naar Kitty's neef. En Kitty had bepaald dat die ring na haar dood naar mevrouw O'Keefe moest gaan. Daar was ze heel stellig in.'

'Arme Duncan,' zei Glenda. 'Ik weet wel zeker dat hij die ring nu niet meer zou willen hebben, maar hij zei tegen me dat hij perfect was voor zijn vriendin, omdat ze Flower heet.'

'Als hij wil, kan ik hem namaken, met echte stenen,' bood Pettie aan. Zijn gezicht klaarde helemaal op. 'Die wordt schitterend!'

'We zullen het hem zeggen,' reageerde Glenda wrang.

Pettie haastte zich naar achteren met Alvirahs creditcard. Luella begon net een verkoopverhaal tegen drie giechelende schoolmeisjes. 'Jullie zouden alle drie zo'n bedeltje moeten hebben. Dat is toch enig! En is het geen geweldige manier om dit festival nooit meer te vergeten?'

Jack richtte zich tegen Regan en mompelde: 'Ik geloof niet dat wij een bedeltje nodig hebben om ons dit festival te heugen.'

'Nee, dat geloof ik ook niet,' zei Regan instemmend. 'Alvirah, heb je Kitty's gezelschapsdame ooit ontmoet?'

'Eén keer, heel kort. Kitty en zij stapten net uit een taxi, op het moment dat ik wegging. Ik wou nu wel dat ik beter naar haar had gekeken, maar ik had twee flinke vuilniszakken in mijn handen. Mevrouw O'Keefe had elke week een enorme berg vuilnis.'

Pettie kwam weer tevoorschijn met een klein cadeauzakje, een papiertje en het creditcardbonnetje in zijn handen. 'Mag ik uw handtekening, mevrouw Meehan?' vroeg hij.

'En hier heb ik het nummer van Rufus Blackstone. Ik heb hem even geprobeerd te bellen, maar hij nam niet op en hij heeft geen antwoordapparaat. Ik dacht dat het een goed idee zou zijn om hem op de hoogte te stellen van het feit dat u binnenkort contact met hem op zult nemen en ik belde natuurlijk ook om hem het goede nieuws te vertellen dat er hier een cheque voor hem klaarligt. Als ik even een momentje heb, zal ik het straks nog eens proberen.'

'Dank u wel,' zei Alvirah. 'We zullen hem op een later tijdstip zeker bellen, maar nu wil ik eerst zien uit te vinden waar deze ring de laatste acht jaar heeft gelegen.'

'Als Duncan dit hoort...' zei Glenda, terwijl ze in de richting van de deur liepen.

'Vergeet niet tegen hem te zeggen dat ik binnen de kortste keren een prachtige ring voor hem kan maken!' riep Pettie hen nog na.

Buiten was het publiek verdwenen.

Hoofdstuk 22

Nadat ze zich ervan hadden overtuigd dat Flower goed was vastgebonden, de prop in haar mond stevig op z'n plaats zat en ze er niet vandoor zou kunnen gaan, verlieten Betty, Jed, Woodrow en Edmund Jeds geheime kantoortje en liepen het huis weer binnen.

Woodrow liep rechtstreeks naar het fornuis, waar de versgebakken cake op een rek stond af te koelen. Hij brak er een stuk van af en propte het in zijn mond. 'Niet slecht,' verklaarde hij.

Betty griste de cakevorm bij hem weg. 'Blijf met je tengels van die cake af!' snauwde ze.

'Het enige wat ik vandaag heb gegeten zijn een paar snoepjes,' klaagde Woodrow. 'We waren onderweg naar een heerlijke lunch in Boston, toen we ontdekten dat we het slachtoffer waren van een vreselijke misdaad.'

'Jed, maak iets te eten voor hen,' beval Betty. 'En dan moeten jullie uit het zicht verdwijnen. De gasten zullen zo wel komen voor hun thee. Ik ga Flowers spullen ondertussen uit haar kamer halen.'

'Uit het zicht verdwijnen? Waar moeten we dan naartoe?' vroeg Edmund. 'Niet naar het schuurtje, daar is het veel te koud.'

'Er is maar één plek waar je heen kunt. De kelder. Ik kan jullie hier niet gebruiken, als er opeens iemand door die klapdeur de keuken binnenstapt.'

'De kelder?' klaagde Woodrow. 'Dat kun je niet menen.'

'Jullie zijn nou niet bepaald graag geziene gasten,' beet Betty hun toe. 'Ik ben zo terug.'

Bij de receptiebalie pakte ze het formuliertje van Flowers creditcardbetaling uit een laatje en scheurde dat in stukken. Gelukkig had Jed de kaart nog niet gevalideerd. Toen kwam er een onrustbarende gedachte in Betty's hoofd op. Zou Flower, sinds ze hier was ingecheckt, nog met iemand hebben gebeld?

Betty haastte zich de trap op naar Flowers kamer. Er lag een mobiele telefoon op het bed. Betty zette hem aan, hield haar adem in en drukte 'uitgaande oproepen' in. Het laatste belletje dat Flower had gedaan was vanmorgen geweest. Betty ademde langzaam uit en drukte op 'ontvangen oproepen'. Geen enkele vandaag, wat betekende dat Flower sinds ze had ingecheckt niemand meer had gesproken. Betty kon zien dat er berichten waren, maar om die af te luisteren moest ze eerst Flowers pincode hebben. Als ik die echt nodig heb, zorg ik er wel voor dat ze me die geeft, dacht Betty duister. Ze zette de telefoon weer uit en liet hem in haar schortzak vallen.

Flower had duidelijk niet onder de dekens gelegen. Betty streek de sprei glad en schudde de kussens op. In de badkamer gooide ze Flowers toiletspullen in haar rugzak, haalde een handdoek door de wasbak en liep terug de kamer in. Ze keek nog een keer goed rond om te controleren of ze niets was vergeten en pakte toen Flowers jas van de stoel.

In de gang gooide ze de handdoek in de wasmand en legde ze Flowers spullen zolang in de linnenkast. Om er zeker van te zijn dat geen van de gasten terug was gekomen terwijl ze in het schuurtje waren, opende Betty met haar moedersleutel de deuren van de vijf andere kamers, na eerst te hebben geklopt. Toen ze ervan overtuigd was dat de eerste verdieping verlaten was, haalde ze de rugzak en de jas op, rende de trap af en deed de voordeur op slot. Zo, nu moet iedereen die hier komt eerst aanbellen om binnen te kunnen, dacht ze. Ik kan het risico niet nemen dat er nog iemand zulke grote oren heeft als Flower.

In de keuken zaten Edmund en Woodrow groentesoep te slurpen. De bijna volle kom van Flower stond nog op tafel. Ik had tegen haar moeten zeggen dat we geen lunches serveren, dacht Betty kwaad. Zo zie je maar: het loont niet aardig te zijn tegen andere mensen.

Ze liet zich op de stoel zakken waar Flower eerder had gezeten, gooide Flowers jas over een andere stoel en begon haar rugzak te doorzoeken. 'Niks,' zei ze minachtend. Vervolgens ontdekte ze Flowers portemonnee in een ritsvakje. Toen ze hem opendeed, was het eerste wat ze zag een foto van Flower en Duncan samen, hun hoofden dicht bij elkaar, allebei met een gelukkige glimlach op hun gezicht. Ze stak hem omhoog en zei: 'Kijk.'

'Romeo en Julia,' gromde Woodrow, terwijl hij de soepkom leegschraapte met zijn lepel.

'Enig stel. Hebben het allebei met de dood moeten bekopen,' was Edmunds commentaar.

'Dat weten we heus wel, Edmund,' zei Woodrow ongeduldig. 'Je doet altijd net of je slimmer bent dan ik.'

'Net alsof?' reageerde Edmund geïrriteerd. 'Jíj was degene die het lot in de vriezer wou achterlaten. En ík zei nog dat het een stom plan was. Als we dat lot gewoon hadden meegenomen, zaten we nu in Boston aan een lekkere, sappige biefstuk.'

'Koppen dicht,' riep Jed geïrriteerd. 'Betty en ik zitten verdomme flink in de problemen door jullie. We willen helemaal niets met dit gedoe te maken hebben!'

Het bleef een paar minuten stil na Jeds opmerking, terwijl zijn woorden doordrongen tot de Winthrops.

'Ik heb het naar mijn zin hier in Branscombe,' ging Jed opgewonden verder. 'Ik wíl hier helemaal niet gedwongen vertrekken.' Hij richtte zich tot Betty. 'Jij?'

'Nee, niet echt,' stemde Betty in. 'Reizen is zo zenuwslopend tegenwoordig en al helemaal als je op de vlucht bent. Jed voelt zich de laatste tijd niet zo goed. Hij zit 's avonds graag thuis televisie te kijken. We zijn allebei nogal huiselijk geworden. En dat bevalt ons prima. In ieder geval willen we zeker niet weer genoodzaakt zijn te vluchten.'

Jed knikte. 'Als we betrokken raken bij een ontvoering en dat meisje vasthouden voor losgeld, dan bestaat het niet dat we hier in Branscombe kunnen blijven. Betty en ik vinden het prettig hier in New Hampshire. We houden van de sneeuw en Betty is een geweldige bakster geworden, zoals jullie misschien is opgevallen.'

'Moet je hen horen,' zei Woodrow tegen Edmund. 'Je zou denken dat het de familie Doorsnee is.' Hij richtte zich tot Jed. 'En hoe zit het met het feit dat je mensen oplicht met al dat internetgedoe en dat je maanden na hun gezellige vakantie in Het Schuilhoekje inbreekt bij je voormalige gasten?'

'Ach, dat is gewoon om wat te doen te hebben! Het mag dan misschien niet helemaal in orde zijn, maar het is natuurlijk niets vergeleken bij wat je krijgt voor ontvoering. En zelfs al zou je je lot terugkrijgen in ruil voor dat meisje, dan nog betekent dat niet dat je het géld ook krijgt uitgekeerd. Zodra iemand dat lot ergens probeert in te wisselen, zal het daar op slag vergeven zijn van de politie. En buiten dat, we weten maar al te goed dat jullie niet te vertrouwen zijn en er alles aan zullen doen om Betty en mij ons deel niet uit te betalen, mocht je dat geld ooit in handen krijgen. Goh, je had ons nog niet eens gebeld om het goede nieuws te vertellen, is het wel?'

'Dat waren we anders wel van plan...' reageerde Woodrow.

'Eerlijk waar,' viel Edmund hem bij. 'We waren gewoon nog zo opgewonden...'

'O, ja, natuurlijk. Laat me jullie eens wat vertellen: als we die meid laten gaan, zitten binnen tien minuten alle agenten uit New Hampshire achter ons aan.'

'Dus wat is je voorstel?'

'Ik stel voor dat jullie, als je dat lot terug wilt van die Duncan, je kop houden over die meid. Bedreigen jullie hem zélf maar, als het nodig is. Hij krijgt al geld van dat andere lot, dus misschien geeft hij jullie je lot wel zonder morren terug. Maar ik waarschuw je: geen deals dat je Flower uitlevert voor dat lot.' Jed keek de neven met een ijskoude blik aan.

'Wat doen we dán met haar?' vroeg Edmund. 'We kunnen haar hier niet gewoon maar laten zitten.'

'Nee, natuurlijk niet. Dacht je dat wíj haar in de buurt willen hebben?' riep Jed uit. 'Er is maar één oplossing.' Hij begon zachter te praten: 'Zodra het donker is, leggen we haar in de achterbak van jullie auto en rijden we naar het meer bij Devil's Pass. Daar verzwaren we haar met een cementblok. Dat meer is enorm en bovendien ijskoud. Die vinden ze nooit meer terug.'

Geschokt keken Woodrow en Edmund hem aan. 'Ontvoering staat je tegen, maar moord niet?' vroeg Edmund, zijn stem nauwelijks hoorbaar.

Jed haalde zijn schouders op.

'O,' mompelde Edmund zwakjes.

'Wat me tegenstaat is weer achter de tralies te belanden,' reageerde Jed heftig. 'Als we haar hier houden om haar uit te wisselen voor dat lot, hebben we een veel grotere kans gepakt te worden. Op deze manier verdwijnt ze zonder een spoor achter te laten.'

'Laat me nou gewoon proberen om die Flower voor dat lot uit te ruilen,' probeerde Woodrow nogmaals smekend. 'We beloven echt dat we jullie betalen, meteen als we het geld hebben. Bedenk eens naar welke fantastische plekken je dan allemaal kunt…'

'Wij hebben onze keuze gemaakt,' zei Betty gedecideerd. 'Niet meer op de vlucht hoeven.'

Jed keek door het raam naar buiten. 'Om vijf uur is het donker en loopt het hele dorp uit voor die openingsceremonie. Op dat moment voeren we mijn plan uit en zijn we van de problemen af. En daarna zouden Betty en ik het op prijs stellen als jullie meteen opdonderen. We willen niet nog meer problemen.'

'Opdonderen?' schrok Edmund. 'We kunnen nergens heen en we kunnen niet uit Branscombe weg zonder dat lot. Jullie kelder klinkt eigenlijk heel prettig. Mogen we daar niet nog één nachtje blijven?'

Hoofdstuk 23

De feestelijke lunch in de Branscombe Inn liep op z'n eind.

Tommy's ouders zaten ieder aan een kant van hem, uitermate beschermend, alsof er ieder moment een losbandige vrouw kon opdoemen om hun fortuinlijke zoon in haar netten te verstrikken. 'Ik weet dat Tommy graag een leuk meisje zou ontmoeten, maar dat wordt nu alleen nog maar moeilijker,' merkte zijn moeder, Ruth, op. 'Ze moet eerst bij ons door de ballotage. En geloof maar dat we haar door de mangel zullen halen. Is het niet, Burt?' vroeg ze haar echtgenoot.

Zoals altijd als zijn vrouw wilde dat hij het met haar eens was, knikte Burt gehoorzaam. 'Tommy is een goeie jongen,' verklaarde hij. 'Hij heeft altijd het beste van het beste verdiend, zelfs toen hij geen cent te makken had. Als je ziet hoe zelfs iemand die zo slim is als Sam Conklin helemaal begeesterd kan raken van een vrouw en daarmee een ramp over zichzelf afroept, word je er bang van. En dan nog te bedenken dat Sam jaren getrouwd is geweest met Maybelle, de aardigste, liefste vrouw die je je maar kunt voorstellen. En dan trouwt hij daarna met een vrouw die niemand kent.' Burt keek de tafel rond. 'Hoe noemen jullie haar ook alweer? De wasbeer?'

'Het stinkdier, pap,' verbeterde Tommy hem, in verlegenheid gebracht door de wending die het gesprek had genomen. 'Maak je maar geen zorgen om mij, ik red het wel. Geloof me.'

'Het stinkdier!' riep Judy, Ralphs vrouw, uit. 'Mijn god, over timing gesproken. Ze had het niet slechter kunnen kiezen. Ik heb gehoord dat het een puinhoop is bij Conklin, en dat is hun verdiende loon!'

'Is dat zo?' vroeg Muffy gealarmeerd. 'Ik hoop niet dat er problemen zijn met het eten voor het festival.'

'Maak je geen zorgen, Muffy,' reageerde Ralph met een wegwuivend gebaar. 'We hebben al zo veel voorwerk gedaan, dat ze het best zonder ons afkunnen.'

'Dat hoop ik dan maar. Dit is tenslotte Branscombes allereerste Vreugdefestival en we willen een uitstekende indruk maken op alle bezoekers en natuurlijk ook op iedereen die naar het televisieverslag kijkt.'

Marion duwde haar stoel naar achteren. 'Festival of niet, we moeten naar de bank. Ik heb geen rust voor we dat lot veilig en wel in een kluis hebben gelegd.' Ze keerde zich naar Nora. 'Het was heel gezellig je te spreken. Ik hoop dat we elkaar straks nog zullen zien.'

'We zien elkaar straks allemáál weer,' reageerde Muffy enthousiast. 'Alle mensen uit het dorp komen naar de openingsceremonie van het festival. En ik hoop dat Duncan ook komt. Gelukkig is hij weer veilig terug van waar hij dan ook mag hebben gezeten. Het zou zo'n domper zijn geweest als hij nog steeds werd vermist.'

Ja, zo kun je het ook zeggen, dacht Luke. Sinds het moment dat Willy zonder Alvirah in de eetkamer was verschenen, wist hij dat Nora op hete kolen zat om achter de werkelijke reden te komen waarom Alvirah met Jack en Regan was meegegaan. Het was duidelijk dat ze niets van het verhaal geloofde dat Alvirah niet kon wachten om Branscombe te bekijken. En Luke geloofde daar ook geen hout van.

'O, ja, Duncan is terug, zeker,' zei Tommy's moeder tegen Muffy, met lichte hoon in haar stem. 'En hij heeft blijkbaar het aanbod om mee te delen met de anderen niet afgeslagen.'

'Mam,' kwam Tommy haastig tussenbeide. 'Het Powerbalgetal was tweeëndertig, weet je nog. Duncans getal. Als hij dat getal niet had gekozen, zaten we geen van allen hier.'

'Ja, dat zal wel,' stemde ze onwillig in. 'Wij gaan met je mee naar de bank, zoon.'

Muffy keerde zich naar Nora. 'Ik zou het heel leuk vinden om jullie vanmiddag rond te rijden door ons gezellige dorpje hier. We kunnen al even gaan kijken bij de braderie, een voorproefje nemen van alle leuke dingen die vanaf vanavond te koop zullen zijn. Vanmiddag zijn ze bezig de laatste puntjes op de i te zetten. En ik kan je natuurlijk ook laten zien waar je morgen je voorleesuurtje gaat houden. Hebben jullie daar zin in?' Zoals haar gewoonte was, gaf ze antwoord op haar eigen vraag. 'Ik denk dat het hartstikke leuk wordt. Ik wou alleen dat Regan er ook bij was. Misschien kan ze wat later instappen. Willy, Luke, lijkt een ritje door het dorp jullie wat?'

'Ja, hoor,' zeiden ze allebei vlug, al was het alleen maar om Muffy's woordenstroom te stoppen.

'Muffy,' begon Nora. 'Luke, Willy en ik hebben nog niet de kans gehad om naar onze kamers te gaan. Zouden we over een minuut of twintig in de lobby kunnen afspreken?'

'Super!'

De Meehans en de Reilly's hadden tegenover elkaar liggende kamers op de eerste etage. Toen ze de lift uit stapten, zei Nora: 'Willy, kom je even mee naar onze kamer?' Het was geen vraag.

Daar gaan we, dacht Luke. 'Maak je maar klaar voor een verhoor, Willy,' waarschuwde hij.

Willy rolde met zijn ogen. 'Regan liet me zweren dat ik alles geheim zou houden.'

'Ja, maar niet tegen óns,' verzekerde Nora hem.

'Zeker wel tegen ons,' reageerde Luke overtuigd.

'O, Luke, hou op,' lachte Nora. 'Schiet op en doe die deur open.' Ze waren nog maar nauwelijks binnen, of Nora draaide zich om. 'Willy, wat is er aan de hand? Waarom is Alvirah met hen meegegaan?'

Zelfs Lukes gewoonlijk onwrikbare onverstoorbaarheid werd geschokt toen Willy zijn ongelofelijke verhaal deed. 'Probeer je me te vertellen dat ze nu rond aan het rijden zijn met een lot dat honderdtachtig miljoen dollar waard is, dat eigenlijk van twee criminelen is?' vroeg hij.

'Ja, daar komt het wel op neer,' antwoordde Willy, terwijl hij zijn hand uitstak naar de deurklink. 'Ik kan maar beter mijn neus even gaan poederen. Ik zie jullie over een kwartiertje beneden.'

Hoofdstuk 24

De ongeveer zestigjarige receptioniste van de spoedafdeling van het Branscombe Ziekenhuis keek op, toen er een groepje naar haar balie toe kwam lopen. Op het moment dat ze Glenda in het oog kreeg, verscheen er een glimlach op haar gezicht. 'Ik heb u op de televisie gezien. U bent een van de winnaars van de Powerballoterij.'

'Ja, dat klopt,' reageerde Glenda. 'En eerlijk gezegd kan ik het zelf ook nog niet geloven. We zijn hier om mijn collegawinnaar te bezoeken, Duncan Graham.'

'Ik heb net geprobeerd zijn vriendin voor hem te bellen, maar haar voicemail was vol. Wat een geluk heeft dat meisje. Zoals mijn grootmoeder altijd zei: die valt met haar neus in de boter.'

'Ja, dat zei mijn moeder ook altijd,' zei Alvirah, terwijl ze stiekem bedacht dat de versie van haar moeder iets pikanter was geweest.

'Tja, mijn grootmoeder had overal wel een uitdrukking voor,' lachte de receptioniste. Ze wees op een deur. 'Hij ligt daar, het derde hokje rechts. Ik mag u eigenlijk niet allemaal tegelijk binnenlaten, maar we hebben op het ogenblik geen ernstige gevallen daar. Alleen maar een stel botbreuken.'

'O, is dat alles?' mompelde Jack, terwijl ze de deur door gingen.

Bij het derde hokje riep Glenda: 'Duncan?'

'Hier,' antwoordde Duncan zwakjes.

Glenda trok het gordijn opzij.

Toen Alvirah de ongeschoren, bleek en bezorgd uitziende man in bed zag, dacht ze meteen: die kan niet veel meer hebben.

'Glenda!' begon Duncan, terwijl hij rechtop probeerde te gaan zitten. 'Heb je mijn mobieltje?'

'Ja, hier.' Vlug gaf ze hem het toestel. 'Ik denk dat je Jack Reilly al wel eerder hebt ontmoet.' Ze begon iedereen aan hem voor te stellen, maar Duncan onderbrak haar.

'Het spijt me dat ik onbeleefd moet zijn, maar ik maak me zo'n zorgen over mijn vriendin. Misschien heeft ze wel een ongeluk gehad...' Hij bekeek zijn berichten. 'Ze heeft me nog steeds niet gebeld!'

Op dat moment kwam er een verpleegster naar Duncans bed toelopen. 'Meneer Graham, u bent aan de beurt voor de gipskamer. En u moet echt uw telefoon uitzetten hier. Mobiele telefoons zijn niet toegestaan in het ziekenhuis.' Ze richtte zich tot de anderen. 'Het duurt niet lang. U kunt buiten wachten, als u wilt.'

'Glenda,' zei Duncan snel. 'Wil je alsjeblieft proberen Flower te bereiken? Haar nummer moet nog in je telefoon zitten. En als je haar daarop niet kunt bereiken, wil je dan alsjeblieft haar werknummer bellen? Dat zit ook in je telefoon... ik heb ze ook al eerder gebeld. Vraag of zij weten waar ze is.' Hij keek haar bijna ziek van bezorgdheid aan.

'Natuurlijk, Duncan. Ik ga meteen bellen en dan wacht ik op je.' En aan de verpleegster vroeg ze: 'Mag hij, zodra hij in het gips zit, naar huis?'

'Absoluut. Hij krijgt een paar krukken en mag gaan.'

Met z'n vieren gingen ze in de wachtkamer zitten. Glenda probeerde Flowers mobiele telefoon, maar haar voicemailbox was nog altijd vol. Toen was het de beurt aan Flowers werknummer. Er nam een vrouw met een geruststellende stem op. 'Lieve Schatjes Dagopvang.'

Vast niet allemaal, dat weet ik zeker, dacht Glenda. 'Hallo, mag ik misschien met iemand van de leiding spreken?'

'We zitten helemaal vol de komende vier jaar,' reageerde de vrouw met trots in haar stem.

'Nee, daar bel ik niet voor,' zei Glenda. 'Het is heel belangrijk dat ik iemand te spreken krijg over een van jullie werknemers. Flower...' Glenda besefte plotseling dat ze Flowers achternaam niet wist. Maar ja, hoeveel Flowers zouden daar nou helemaal werken?

'O, Flower,' reageerde de vrouw.

'Ik bel uit naam van haar vriend. Hij heeft zijn been gebroken en wil haar ontzettend graag spreken.'

'Heeft Duncan zijn been gebroken?'

'Ja. Kent u hem?'

'Nee. Alleen uit alle verhalen van Flower. Hij heeft al eerder hierheen gebeld.'

'Ja, inderdaad. Hij maakt zich grote zorgen, omdat hij haar niet kan bereiken en niet wist dat ze vandaag vrij zou nemen.'

'Wacht even. Het is... uhm... midden op de middag daar, niet?'

'Ja.'

'O, god.'

Glenda's hart zonk in haar schoenen. 'Wat bedoelt u?'

'Flower zou vandaag naar hem toe vliegen, als verrassing. Ze heeft gisteravond de rode-ogenvlucht naar Boston genomen en zou daarna op de bus naar het plaatsje waar Duncan woont stappen. Ze had daar al uren geleden moeten aankomen. En wat raar dat ze haar telefoon niet beantwoordt.'

'Weet u misschien welke vlucht ze heeft genomen?'

'Nee, sorry, dat weet ik niet.'

'Oké,' zei Glenda. 'Mocht u iets van haar horen, wilt u dan Duncan of mij bellen?' Ze gaf haar hun nummers.

'En als u iets hoort, wilt u dan ons alsjeblieft ook bellen?' vroeg de vrouw. 'Flower is een schat. We vinden het vreselijk dat ze ons binnenkort waarschijnlijk gaat verlaten.'

Hoofdstuk 25

Het stinkdier! dacht Rhoda, toen ze de sleutel omdraaide in de voordeur van het huis waar Sam had gewoond sinds hij, vijftig jaar geleden, met Maybelle was getrouwd. Ze gooide de deur zo hard achter zich dicht, dat ze een paar van Maybelles beeldjes hoorde rammelen op de plank boven de gangtafel. Jammer dat ze er niet vanaf vielen, dacht Rhoda. Sam had er schoorvoetend mee ingestemd dat ze het huis opnieuw zou inrichten, maar hij had erop gestaan dat die rommeltjes van Maybelle hun plek hielden, wat Rhoda ontzettend irriteerde. De huiskamer van het koloniale huis was heringericht met zwarte leren stoelen en dito banken, een wit, pluizig kleed en moderne kunst waarvan Sam altijd zeurde dat hij niet wist wat de boven- of de onderkant was. De schilderijen die er eerder hadden gehangen, van bergen, meren, bloemen en beesten, waren allemaal naar de zolder verbannen.

Maybelles notenhouten eetkamerset, met bijpassend hoekkastje en stoelen met een gezellig kussentje erop, was vervangen door een glazen tafel met stevige stalen poten eronder en moderne stoelen met een driehoekige zitting. Boven deed Richards jongenskamer nu dienst als Rhoda's kantoortje en de voormalige logeerkamer was tegenwoordig gevuld met haar fitnessapparaten.

Ga maar terug naar je snobistische appartementje, dacht ze, terwijl ze haar jas uitrukte en hem over de balustrade gooide.

Ik wil niets líéver dan inpakken en wegwezen. Ik zal hem een poepie laten ruiken, verdomme! Na alles wat ik voor hem heb gedaan en dan denkt hij dat dat allemaal maar normaal is? Toen ze ontdekte dat de sporadische, lichte sneeuwbuitjes aan het overgaan waren in een constante muur van dikke vlokken, begreep ze dat ze nu niet kon vertrekken. Tegen de tijd dat ik alles bij elkaar heb, zijn de wegen spekglad en kom ik zwaar in de file richting Boston, zeker op de vrijdag voor een vakantie. Ik zal blij zijn om van dit stomme dorp verlost te zijn, maar dat kan helaas niet eerder dan morgen.

Ik heb het geprobeerd, het dorpsleven, maar het is niets voor mij. Rhoda dacht even terug aan haar vorige echtgenoten. Over twee ervan had ze maar niets aan Sam verteld. Twee echtscheidingen kon nog wel, vond ze, maar víér. Dan wek ik de indruk dat ik een secreet ben dat het met niemand kan vinden en dat schrikt de mannen natuurlijk af.

Samuel had zo gemakkelijk in de omgang geleken, maar ze had al snel ontdekt dat hij eigenlijk zo koppig was als een ezel. Het was een hele klus geweest om hem zover te krijgen het geld van de bonussen voor zijn personeel, in een pensioenfonds voor hun tweeën te stoppen. En ik deed het alleen maar uit zorg voor onze toekomst, dacht ze verongelijkt. Nou ja, ik krijg in ieder geval tweehonderdduizend dollar, als we gaan scheiden. Dat ligt vast. Ik ga het nieuwe jaar beginnen met dat vrolijke vooruitzicht. Maar als ik had geweten hoeveel die zak op de bank heeft staan, had ik meer geëist.

Gedurende de zes maanden dat ze hier nu woonde, had Rhoda één vriendin gemaakt. Tishie Thornton, die nooit iets aardigs over wie dan ook te zeggen had en het enige menselijke wezen in het hele dorp, waarvan Rhoda wist dat ze Maybelle niet had kunnen uitstaan. 'Al sinds haar zesde was ze zo irritant schattig,' had Tishie bekend aan een opgetogen Rhoda. 'Ik heb een prachtige zangstem, maar zíj werd altijd gekozen voor de hoofdrol in de schoolmusical en daarna ook nog in het kerkkoor. Ik kon het gewoon niet áánzien hoe onschuldig ze daar altijd stond, met haar muziekstuk in de hand en haar ogen ten hemel geslagen alsof ze een engel was. Uiteindelijk ben ik uit het koor gestapt en er nooit meer naar teruggekeerd, zelfs niet na Maybelles dood. Ik had gewoon geen zin in al dat geklets over hoe lief, leuk en aardig ze wel niet was.'

Rhoda bleef even stilstaan in het stille huis. Ik wil hier niet de hele dag moeten rondhangen, dacht ze. Dus liep ze snel de keuken in en pakte de telefoon. Tishie nam al op bij de eerste keer overgaan.

'Rhoda. Wat hoor ik nou? Je hebt een rotdag, geloof ik,' begon Tishie, terwijl ze probeerde niet al te opgetogen te klinken.

'Je zult het niet geloven.'

'Geen bonussen, hè?'

'Ze krijgen het hele jaar al goed genoeg betaald.'

'Ja, dat zal zeker. En moet je ze nou zien! Die hebben geen bonus meer nodig. Heb je het gehoord van die ring die Duncan voor zijn vriendin had gekocht?'

'Ik heb helemaal niets gehoord. Ik had het te druk met appels van de vloer rapen.'

'Duncan had een aanbetaling gedaan op een ring in de vorm van een bloem bij Pettie en is nu helemaal over de rooie. Blijkbaar had Pettie de ring in de etalage gelegd, naast die festivalbedeltjes waar Luella me denk ik al duizend keer over heeft verteld.'

'Een ring in de vorm van een bloem?' herhaalde Rhoda.

'Ja. Een diamantje, omringd door gekleurde stenen in de vorm van bloemblaadjes.'

'Wie is die vriendin?'

'Geen idee. Wat maakt het uit?'

'Ja, niks,' reageerde Rhoda en zag even het gezicht voor zich van het jonge meisje dat die ochtend naar Duncan had gevraagd. 'Mij in ieder geval niet.'

'Nou, vertel eens, wat is er aan de hand. Ik weet dat je niet zomaar belt om te kletsen met al die drukte in de zaak.'

'Sam en ik zijn uit elkaar. Klaar. Over. Uit.'

'Nou al? Ik wist wel dat je hem op een gegeven moment ongelofelijk saai zou gaan vinden. Maar je had beter even kunnen wachten, tot hij je een kerstcadeau had gegeven.'

'Dat heeft hij al gekocht. Een prachtige armband die we in Boston hebben gevonden, toen we daar waren om die zoon van hem in zijn toneelstuk te zien. Sam kreeg zowat een hartaanval toen hij het creditcardbonnetje ondertekende. De armband ligt in de kluis, mooi ingepakt. Maak je geen zorgen, die gaat echt wel met me mee.'

'Ik ben trots op je, Rhoda. Je hebt hem tenslotte de beste zes maanden van je leven gegeven.'

Rhoda moest lachen. 'En het vóélt als de beste zes jáár. Tishie, het weer zit tegen, dus moet ik nog een nachtje hier blijven. Dus dacht ik: waarom gaan we niet gezellig naar Het Schuilhoekje om thee te drinken? Die Betty is wel een beetje irritant met haar zogenaamde aardigheid...'

'Precies als Maybelle,' onderbrak Tishie haar.

'Nee, heb het alsjeblieft niet over die trut! Ik weet niet of die Betty kan zingen, maar ze kan zeker goed bakken. In Het Schuilhoekje kunnen we even lekker gaan zitten en bijkletsen, zonder al dat overdreven gedoe van het festival. Daar heb ik toch zo'n tabak van!'

'Ja, ik ook. Over een halfuur, goed?'

'Tishie, ik ben een stadse. Ik durf niet zo goed te rijden met die sneeuw. Vind je het erg om me op te halen?'

'Nee, hoor, helemaal niet.'

'Bedankt, Tishie. Als ik jou niet had gekend, dan was ik hier waarschijnlijk al máánden weggeweest.'

'Jammer. Tot straks.'

Rhoda hing op. Hoewel het haar niets kon schelen van Samuel, voelde ze zich toch een beetje depri. Maar plotseling schoot haar iets te binnen waar ze weer vrolijk van werd. Morgenavond is er in Boston vast weer een dansavond voor oudere singles. Afgelopen december was ze wel naar zes van die feesten geweest. Niet dat ze toen een speciaal iemand had ontmoet, maar wie weet? Er was vast wel een nieuwe oogst aan weduwnaars en gescheiden mannen, na die zes maanden dat ze hier begraven was geweest. Misschien begint mijn volgende grote romance wel, terwijl die sullige Sam hier staat te zwoegen op zijn gehaktbrood voor het diner in de kerk. Neuriënd rende ze de trap op om haar computer te checken.

Hoofdstuk 26

Tegen de tijd dat Duncan de wachtkamer werd ingereden, met zijn rechterbeen van knie tot enkel in het gips, had Jack via zijn kantoor uitgevonden dat Flower een rode-ogenvlucht van Pacific Airlines had genomen en in Boston was geland, waar ze een buskaartje naar Branscombe had gekocht.

'Maar verder is de creditcard waarmee ze die tickets heeft betaald, niet meer gebruikt,' vertelde rechercheur Joe Azzolino zijn baas. 'En dat certificaat van die oliebron is volkomen nep.'

Zoals ze al hadden verwacht, was Duncans eerste vraag: 'Hebben jullie Flower kunnen bereiken?'

'Nog niet,' antwoordde Jack. 'Kom, laten we eerst zorgen dat je de auto in komt.'

Alvirah had medelijden met Duncan, toen de verpleger die hem had gebracht, hem hielp op te staan uit de rolstoel en hem zijn krukken aangaf. Ik had in New York tenminste het geluk op eigen benen de spoedafdeling af te kunnen lopen, dacht ze, terwijl ze onbewust het verband boven haar ogen aanraakte.

Buiten sneeuwde het nu hard. Meteen toen ze in de auto zaten, vroeg Duncan bezorgd: 'Glenda, heb je de dagopvang gebeld?'

'Duncan, ik weet zeker dat er niets aan de hand is...'

'Hoe bedoel je?' vroeg hij gespannen, zijn ogen plotseling paniekerig van ongerustheid.

'Flower had vandaag vrij genomen. Gisteravond is ze met een rode-ogenvlucht naar Boston gekomen om je te verrassen. We weten dat ze daar een buskaartje naar Branscombe heeft gekocht en hier vanmorgen om tien uur zou moeten zijn gearriveerd.'

'Maar waar zit ze dan? En waarom neemt ze haar telefoon niet op?'

'Dat weten we niet, Duncan,' zei Regan kalm. 'We wilden eigenlijk naar het busstation gaan en daar wat rondvragen, om te kijken of iemand haar misschien heeft gezien. Glenda heeft een paar spullen voor je ingepakt, omdat we denken dat je vannacht het beste in de Inn kunt slapen. We hebben ook een foto van een meisje ingepakt die bij jou op de schoorsteenmantel stond. We namen aan dat het een foto van Flower was.'

'Ja, natuurlijk is het Flower! Wie anders? Mag ik hem?' vroeg Duncan. Zijn stem brak.

Glenda pakte de foto uit zijn tas en gaf hem die.

Duncan hield hem stevig in zijn handen en staarde ernaar, zijn ogen plotseling vochtig. 'Er is haar iets overkomen,' zei hij met trillende stem. 'Ik weet het zeker. Zelfs al zou ze van plan zijn geweest om me vanavond pas te komen verrassen, dan nog zou ze haar telefoon opnemen. Die Winthrops gingen naar Boston. Ik heb ze iets over Flower verteld, toen we het over mijn doelen in het leven hadden. Kan ze hen op de een of andere manier tegen het lijf zijn gelopen?'

'Hebben ze ooit een foto van haar gezien?' vroeg Jack.

'Nee.'

'Dan lijkt het me erg onwaarschijnlijk, Duncan. Maar we hebben wel uitgevonden dat het papier dat bewijst dat je een aandeel in die oliebron hebt gekocht, volkomen nep is. We moeten naar het kantoor van de officier van justitie zodat je een klacht in kan dienen. Dan vaardigen zij een arrestatiebewijs uit voor die oplichters.'

'Dat interesseert me nu niet. Als ze Flower te pakken hebben, is dat een veel ergere misdaad dan zo'n nepoliebron. We moeten eerst Flower zien te vinden en daarna doe ik wel iets aan dat arrestatiebevel.'

'Natuurlijk,' was Jack het met hem eens.

'Ik stel voor dat we eerst naar Conklin gaan,' zei Alvirah. 'Als Flower vanmorgen hier is aangekomen en niet wist dat je de loterij had gewonnen, is ze waarschijnlijk naar je werk gegaan, om je daar te zien. Ze heeft geen sleutel van je huis, toch?'

'Nee, daar is ze nog nooit geweest,' zei Duncan triest.

'Dat gebeurt binnenkort echt wel,' zei Glenda bemoedigend. 'Alvirah, ik denk dat het een goed idee is om naar Conklin te gaan, hoewel ik zeker weet dat meneer Conklin niet zo blij zal zijn me te zien, nadat we vanmorgen die trouwfoto's bij hem voor de deur hebben gedumpt. Maar dat kan me niks schelen.' Ze richtte zich weer tot Duncan. 'Jij kunt beter in de auto blijven. Het is glad buiten en we willen natuurlijk niet dat je nog een keer valt. Ik zal het aan iedereen die vandaag werkt, vragen.'

Ondertussen waren ze bij de uitgang van de parkeerplaats van het ziekenhuis aangekomen. 'Welke kant op, Glenda?' vroeg Jack.

'Hier rechts en dan rechtdoor.'

Toen ze voor Conklin stopten, zei Regan tegen Glenda: 'Ik ga met je mee naar binnen. Duncan, hoe oud is Flower en hoe lang ongeveer?'

'Ze is vierentwintig, maar ziet er jonger uit. En ze is klein – ongeveer een meter vijfenvijftig.'

'Mogen wij de foto meenemen, alsjeblieft?'

Met tegenzin gaf Duncan hem uit handen.

Eenmaal in de winkel hoorde Glenda meteen een bekende stem. 'Kijk nou eens, wie we daar hebben,' riep Paige, een jong meisje dat achter de kassa werkte. 'Je komt me toch niet vertellen dat je lot nep bleek te zijn en je weer wilt komen werken?'

Glenda en Regan liepen snel naar Paiges kassa, waar een vrouw met een karretje dat vol boodschappen lag, net had afgerekend. 'Paige, ik moet je even spreken.'

'Mij best,' zei ze en zette het bordje GESLOTEN op de band. 'Wat is er aan de hand, rijke stinkerd?'

'Glenda stelde Paige en Regan aan elkaar voor, legde uit wat er aan de hand was en liet Flowers foto aan haar zien. '… ze was onderweg naar Duncan en lijkt nu te worden vermist.'

'Nou, dat is een lekker stelletje, ze moeten wel goed bij elkaar passen,' grapte Paige. 'Duncan werd toch ook vermist? Ik kan gewoon niet geloven dat jullie hem mee laten delen in de prijs. Je had míj moeten vragen. Ik had er wel een dollar voor overgehad.'

'Paige, dit is echt heel serieus.'

'O, sorry.'

'Heb je dit meisje toevallig vandaag in de winkel gezien?'

Paige bestudeerde de foto. 'Nee, ik heb haar niet gezien. Als ze hier is geweest en iets heeft gekocht, heeft ze in ieder geval niet bij mij afgerekend.'

'Oké. Dan gaan we eens verder rondvragen.'

Paige begon zachter te praten. 'Glenda, je hebt vanmorgen het vuurwerk gemist. Het stinkdier had slaande ruzie met meneer Conklin en ze is de winkel uit gestormd. Hij riep dat ze haar appartement in Boston maar weer uit de verkoop moest halen. Iedereen hier is hartstikke blij. Voor ons is het Vreugdefestival al begonnen!'

'Het is toch niet waar!' riep Glenda uit.

'Ja, echt.'

'Ik zou bijna mijn baan terug willen.'

'O, ja? En dat moet ik geloven?'

'Is meneer Conklin in zijn kantoortje?'

'Nee, in de keuken, met zijn mouwen opgestroopt. Hij heeft zelfs een schort voor. De bladen met hapjes voor het festival moeten afgemaakt en daarna weggebracht worden.'

'Poeh, nou voel ik me schuldig,' mompelde Glenda.

'Ach, dat is toch nergens voor nodig,' reageerde Paige, terwijl ze het bordje van de band wegpakte, omdat er iemand aan kwam lopen die wilde afrekenen. 'Het is tenslotte zíjn naam die hier boven de deur staat en hij heeft trouwens heel goede zin, hoor!'

Glenda en Regan lieten Flowers foto aan de andere werknemers zien. Ze waren er allemaal al sinds die ochtend vroeg en geen van hen had haar gezien.

'Kom op, Regan, we gaan naar meneer Conklin.'

Regan liep achter haar aan de enorme keuken in, waar een stuk of zes mensen in de weer waren met het samenstellen van borden met salades en vleeswaren.

'Goed gedaan, mensen,' hoorden ze Sam zeggen. 'Dit is pas teamwerk, net als vroeger!' Hij draaide zich om en kreeg Glenda in het oog. Even bleven ze onzeker naar elkaar staan kijken en toen verscheen er een brede grijns op Sams gezicht. Met open armen liep hij op haar af. 'Glenda, gefeliciteerd, ik ben zo blij voor je,' riep hij uit, terwijl hij haar een dikke knuffel gaf.

'Het spijt me dat we die foto's zo buiten hebben gelegd,' zei Glenda berouwvol. 'Dat was vals.'

'Maak je geen zorgen. Ik ga ze straks persoonlijk in de fik steken. Ik weet niet of je het al hebt gehoord, maar...'

'Ja, ik weet het,' reageerde Glenda.

'Ik schaam me verschrikkelijk. Ze heeft me zo lang aan mijn kop lopen zeuren over die bonus voor jullie. Kom mee, naar mijn kantoortje. Ik weet dat jullie het nu niet meer nodig hebben, maar ik heb de cheques die ik jullie gisteravond had moeten geven, daar klaarliggen. Glenda, je bent zo'n geweldige werkneemster geweest in al die achttien jaar dat je hier hebt gewerkt. Ik heb bijna het gevoel dat je mijn dochter bent.' Hij knuffelde haar nog een keer. 'Ik durf mezelf nooit meer recht in de ogen kijken, tot jullie die cheques hebben ingewisseld.'

'Meneer Conklin, dat is reuze aardig van u, maar daar hebben we nu helaas de tijd niet voor.' Glenda stelde Regan aan hem voor en liet daarna de foto van Flower zien. 'Duncan is ervan overtuigd dat ze in moeilijkheden zit. Heeft u haar vandaag misschien hier in de winkel gezien?'

Sam bekeek de foto en zei toen: 'Nee, helaas. Heb je het al aan de anderen gevraagd?' Hij knikte in de richting van de winkel.

'Ja, maar niemand heeft haar gezien of herinnert zich iemand die naar Duncan heeft gevraagd.'

Sam liet snel de foto aan degenen die in de keuken aan het werk waren zien. Maar ook zíj schudden allemaal 'nee'. 'Heb je enig idee hoe laat ze hier kan zijn geweest?'

'We vermoeden ergens vlak na tienen. Toen de bus net bij het busstation was aangekomen.'

'Toen was het stinkdier hier ook nog,' merkte Sam op. 'Misschien heeft zíj haar gezien.'

'Het stinkdier?' vroeg Glenda.

'Doe nou niet net of je niet weet wie ik bedoel.'

'Oké, sorry.'

'Ik kan haar wel bellen als je wilt weten of zij misschien met Duncans vriendin heeft gesproken. Voor zoiets wil ik haar nog wel spreken, maar dat is dan ook het enige.'

'Als u dat zou willen doen. Het is belangrijk.'

Het was geen verrassing dat Rhoda haar telefoon niet opnam. 'Ze ziet natuurlijk dat ik het ben die belt, en staat me nu waarschijnlijk te vervloeken,' zei Sam. 'Waarom neem je haar nummer niet mee en probeer je het zelf? Dan heb je misschien meer geluk.'

Maar Rhoda Conklin nam ook niet op toen Regan haar belde. Regan liet een boodschap achter, waarin ze uitlegde wie ze was en waarom ze belde. 'Wilt u mij alstublieft zo spoedig mogelijk terugbellen?'

Sam trommelde met zijn vingers op het werkblad. 'Een van onze nieuwe jongens hier, stond vanmorgen op de versafdeling. Rhoda heeft hem proberen te ontslaan. Hij is nu buiten de bestelbus aan het inladen.' De achterdeur ging open. 'O, daar heb je hem. Hé, Zach,' riep Sam naar een jongen die met rode wangen van de kou binnenkwam. 'Wil je even hier komen, alsjeblieft?'

'Natuurlijk, meneer Conklin.' Zach kwam snel naar hen toe lopen.

'Nee,' zei hij hoofdschuddend terwijl hij naar Flowers foto keek. 'Ik heb haar niet gezien. Maar ik moet er wel bij zeggen dat ze misschien recht voor me heeft gestaan, maar ik haar niet heb opgemerkt, omdat het stinkdier de hele morgen zo tegen me liep te schelden. Meneer Conklin, ik ben zo blij dat u van haar af bent,' zei hij enthousiast. 'Geef me een high five.'

'Oké, Zach,' zei Sam, terwijl hij zijn hand een beetje onhandig de lucht in stak. 'Ga maar verder met het inladen, de vrouw van de burgemeester begint zenuwachtig te worden. Het dorp moet eten.'

'Yo.' Zach pakte een vol blad op en liep ermee in de richting van de achterdeur.

Glenda zuchtte. 'Dank u wel, meneer Conklin. We kunnen nu beter gaan. Duncan is razend ongerust.'

'Wat jammer voor hem dat hij zich op de dag dat hij blij zou moeten zijn, omdat hij twaalf miljoen van zijn collega's krijgt, zo ongerust moet maken over zijn vriendin. Ik hoop maar dat alles op z'n pootjes terechtkomt. Duncan is een goeie kerel.'

'Wie weet is Flower wel vlak in de buurt en verrast ze ons straks allemaal,' bedacht Glenda. 'Ik hoop u van het weekend nog te zien, meneer Conklin.'

Terug in de auto moesten ze de steeds verder in paniek rakende Duncan vertellen dat niemand Flower had gezien. 'Maar het is daar vandaag wel erg druk geweest,' zei Regan, in een poging tot optimisme. 'Zullen we nu naar het busstation gaan?'

'Alles gaat mis!' jammerde Duncan. 'Alvirah heeft me net het verhaal van die ring verteld.' Hij keek door de autoruit naar de dichte sneeuw. 'Wat nou als Flower opeens haar geheugen kwijt is en in dit weer buiten zwerft?'

Bij het busstation wilde Duncan per se mee naar binnen. Er was een vrouw de vloer bij de ingang aan het dweilen. Regan liet haar Flowers foto zien en vertelde waarom ze naar haar op zoek waren. Na één blik op de foto zei ze al: 'Ja, ik heb haar vanochtend gezien. In de damestoiletten, terwijl ze zichzelf aan het opfrissen was en ik daar binnenliep om de prullenbakken te legen. Leuk meisje.'

'Weet u zeker dat zij het was?' vroeg Duncan.

De vrouw fronste haar voorhoofd. 'Zeker, of het moet haar dubbelganger geweest zijn.'

'Weet u nog wat ze aanhad?' vroeg Regan.

'Niets bijzonders. Een spijkerbroek dacht ik. En een skijack. Misschien grijs. En ze had een rode rugzak bij zich met een tekst erop die ik al jaren niet meer heb gezien: FLOWER POWER.

'Dat is ze absoluut,' kreunde Duncan.

'Hoe laat was het toen ongeveer, denkt u?' vroeg Regan de vrouw.

'Zo tegen half elf... vlak voor mijn pauze.'

En de man achter het loket had Flower ook gezien. 'Ik heb haar zien uitstappen en het station uit zien lopen. Ze is hier zeker niet meer terug geweest,' informeerde hij hen.

Duncan wierp een blik op Regan en Glenda. 'Ze moet hier ergens in de buurt zijn. Al moet ik bij iedere deur in dit dorp aanbellen, ik zal haar vinden!' Leunend op zijn krukken draaide hij zich om en hobbelde zo snel als hij met dat onhandige gips kon, terug naar de auto.

Hoofdstuk 27

Het enige raampje in Jeds kantoortje, hoog in de achterwand van het schuurtje, had een rolgordijntje ervoor, dat voor het grootste gedeelte omlaag was getrokken. Toen Flower naar boven keek, zag ze door een spleetje dat het flink sneeuwde. Toen ze haar hier achterlieten, had Betty de lichten uit gedaan en had Jed de drie computers afgesloten. Het was koud, hoewel ze één kacheltje hadden laten branden. Anders zou ik hier letterlijk doodvriezen, dacht Flower huiverend.

In het schemerdonker had ze haar omgeving al zo goed mogelijk bekeken. Dit kantoortje... ongelofelijk, dacht ze. Niemand zou ook maar vermóéden dat het bestond. En er zou al helemaal niemand vermoeden dat de boerse Jed met dit soort dingen bezig was. Er hingen allerlei sleutels boven de werktafel en het dossierkastje was afgesloten met een hangslot. Vanaf de plek waar ze zat, kon Flower een scherm zien, met daarop alle activiteiten die zich voor het oog van de acht beveiligingscamera's in en om het huis afspeelden.

Geen televisie, geen radio en geen internet hadden ze gezegd, herinnerde Flower zich bitter, terwijl ze ondertussen probeerde de touwen waarmee haar polsen achter haar rug vastgebonden waren, los te maken. Maar ze kon er niet bij. De knopen zaten te ver weg. En die prop in mijn mond, ik stik zowat, dacht ze. Ze probeerde haar kaak te bewegen, maar dat zorgde er alleen maar voor dat ze het nóg benauwder kreeg.

Rustig blijven, waarschuwde ze zichzelf. Maar hoe? Zelfs als Duncan hun het lot geeft, laten ze me nooit gaan. Ik kan ze allemaal identificeren. Mijn enige kans is dat ze het lot niet alleen krijgen, maar ook kunnen incasseren. Dan vluchten ze misschien het land uit en misschien, heel misschien, laten ze dan ergens een bericht achter waar ik zit. Maar dat zal wel nooit gebeuren.

En alles is mijn eigen schuld, dacht ze. Toen ik niets hoorde van Duncan, heb ik me geen moment zorgen gemaakt of hem iets overkomen kon zijn. Denkt hij nou hetzelfde over mij? Waarschijnlijk niet, dacht ze, terwijl de tranen achter haar ogen prikten. Het is zo'n goeierd. Zelfs als ik hier ooit uitkom, dan zou ik het hem niet kwalijk nemen als hij me nooit meer wil zien.

Op het scherm zag ze een auto de parkeerplaats op draaien en op de eerste parkeerplaats parkeren. Er stapten drie vrouwen uit die zich naar de ingang haastten. De gasten komen straks voor de thee, dacht Flower. En sommigen van hen moeten misschien wel hier in de buurt van het schuurtje parkeren. Als ik deze tuinstoel kan verplaatsen en tegen de muur kan bonken als er een auto op een van de plekken vlak bij het schuurtje parkeert, kan ik misschien iemands aandacht trekken.

Langzaam en voorzichtig tilde ze zichzelf met stoel en al omhoog en schuifelde naar de achterwand. Als ik met die stoel op mijn zij val, kan ik niet meer opstaan, waarschuwde ze zichzelf. En ze komen er natuurlijk ook achter dat ik probeerde te ontsnappen. Maar wat dan nog? Met veel moeite en pijn, sleepte ze zichzelf over de betonnen vloer. Net op het moment dat er een auto naast parkeerde, had ze de achtermuur bereikt. Alles klonk heel dichtbij. Ze hoorde de deuren open- en weer dichtgaan.

'Ik zal je zeggen, Tishie,' hoorde ze een vrouw op strijdlustige toon zeggen: 'Sam Conklin mist me nu al. Dat wist ik van tevoren, maar ik neem de telefoon niet op. Voor niemand. Nu is Rhoda eens aan de beurt.'

'Je hebt groot gelijk,' beaamde Tishie.

Uit gewoonte probeerde Flower te schreeuwen, maar er kwam alleen een zielig piepje uit haar mond. Dat is de vrouw van Conklin, dacht ze opgewonden. Ik zou die stem overal herkennen. Maar misschien kan ze me redden. Met al haar kracht gooide Flower haar lijf, dat vastgebonden zat aan de stoel, tegen de muur.

'Wat was dat voor een geluid, Rhoda?'

'Ik heb niets gehoord. Kom op, Tishie. Ik begin nat te worden.'

Liggend op de betonnen vloer probeerde Flower weer overeind te komen, om het opnieuw te proberen, maar toen hoorde ze de deur van Jeds kantoortje openschuiven.

Hoofdstuk 28

'Kijk, dit zijn de Vreugdefestival-ovenwanten en -pannenlappen die we vanaf vanavond gaan verkopen,' vertelde Muffy aan Nora, Luke en Willy, terwijl ze hun ronde maakten door de flink bevoorrade gewelven onder de kerk. 'Dan hebben we deze waterverfschilderijen van allerlei idyllische plekjes in Branscombe, gemaakt door onze Red Barn-artiesten. Dat is een organisatie voor senioren die van schilderen houden. We hebben twee professionele kunstenaars die hun, vrijwillig, een paar keer per week les geven.'

Nora bekeek de schilderijtjes aandachtig. 'Ze zijn schattig,' zei ze. 'En sommige zijn zelfs echt goed.'

Luke, die Georgia O'Keefe-achtige schilderijen prefereerde, deed net of hij de gezellige tafereeltjes met interesse bekeek. Willy dacht eraan dat zijn 'hou ze in de lucht'-poster – van een vliegtuig dat langs een vlag scheerde – in de zesde klas door zuster Jane was becommentarieerd als 'een vliegende vis die in een vod is gewikkeld'. Dat was nog eens een strenge tante, dacht hij. Ze zou zelfs de *Mona Lisa* hebben afgekeurd. Ik koop dat schilderijtje van de Branscombe Inn voor Alvirah, besloot hij. Ze vindt het altijd leuk een souvenir mee te nemen van de plekken waar we zijn geweest.

Alvirah. Waar zat ze in godsnaam? En zou ze wel ergens een hap lunch naar binnen krijgen? In het vliegtuig had ze al zo'n honger gehad dat ze oudbakken zoutjes naar binnen had zitten werken en daarna was ze letterlijk aangevallen op die chocolaatjes die hij voor haar had gekocht in die kranten-winkel langs de weg. Gisteravond was ze door die eeuwige honger van haar zelfs op de spoedafdeling van het ziekenhuis beland. Wie weet wat er vandaag weer zou gebeuren als ze honger kreeg? Willy kwam even in de verleiding haar te bel-len, maar wist dat ze, zodra ze kon, wel contact met hem zou opnemen.

Luke had ooit eens een tekst van Milton geciteerd en ge-zegd dat dat maar een inspiratie voor hen tweeën moest zijn: 'Ook degenen die geduldig wachten komen aan de beurt'. En Willy herinnerde zich dat hij toen had gevraagd: 'Milton wie?'

'Vinden jullie niet dat onze dames het geweldig hebben ver-sierd hier en de kelder hebben omgetoverd tot een prachtig winterlandschap?' vroeg Muffy.

'Het ziet er heel leuk uit,' was Nora het met haar eens. 'Ik ben opgegroeid in een klein dorpje in New Jersey en de sfeer daar leek op wat ik hier nu meemaak. Iedereen vond het leuk om mee te helpen. Het was zelfs zo, dat alle mannen van ons dorp een oude schuur hebben omgebouwd tot een prachtig kerkje.'

'Een, twee, drie…' bulderde opeens een stem vanuit een ruimte aan de andere kant.

Plotseling dreunde er keihard muziek door de gewelven: eerst een piano en meteen daar achteraan een koor dat een kerstlied inzette. 'De herdertjes lagen bij nahahachten…'

'Ze oefenen voor vanavond,' merkte Muffy op. 'O, kijk, daar heb je Steve.'

Ze draaiden zich om en zagen de burgemeester van Brans-combe de trap af komen lopen. Er is iets aan de hand, dacht Luke, terwijl hij de geforceerde glimlach op Steves gezicht en de haastige manier waarop hij de vrijwilligers groette in zich opnam. Steve kwam snel op hen af lopen. 'Ik heb Jack net gesproken. Het ziet ernaar uit dat we nóg een zoektocht moe-ten organiseren,' begon hij gespannen. 'De vriendin van Duncan Graham, een meisje dat Flower Bradley heet, is vanmorgen hier in het dorp aangekomen om hem te verrassen, maar wordt nu vermist. We willen haar foto gaan kopiëren, om die overal in het dorp op te laten hangen. En dan doorzoeken we natuurlijk de bossen hier. En we willen overal gaan aanbellen, om te vragen of iemand haar misschien heeft gezien. Iemand moet toch iets weten.'

Nora keek vorsend naar de uiterst zorgelijke uitdrukking op Steves gezicht. 'Volgens mij heb je ons nog niet alles verteld, Steve.'

Hij keek om zich heen. Er stond niemand binnen gehoorsafstand. 'Duncan heeft Flowers moeder gebeld en iets te horen gekregen wat hij nooit over haar heeft geweten. Als Flower vijfentwintig wordt – volgende maand – erft ze een fortuin. Haar overgrootvader was de oprichter van de Corn Bitsy cornflakes. Haar moeder is nu bang dat Flower misschien gevolgd is door iemand die haar nu gevangenhoudt om losgeld te krijgen, maar ze wil niet dat dat naar buiten komt als het niet strikt noodzakelijk is.'

'Hoe groot is die erfenis?' vroeg Luke.

'Meer dan honderd miljoen dollar.'

'Jingle bells, jingle bells,' hoorden ze het koor nu. 'Jingle all the way...'

Hoofdstuk 29

Harvey, Glenda's ex-man, had met een cameraploeg en een verslaggever van BUZ afgesproken bij het huis waar hij twaalf jaar met Glenda had gewoond. Gretig had hij erin toegestemd de scène na te spelen waarin eerst zijn kleren in vuilniszakken op de oprit stonden en ze later her en der over de rijweg lagen verspreid. En als klap op de vuurpijl was er toen ook nog een vrachtwagen overheen gedenderd. Glenda was niet uitgenodigd mee te doen.

Met de belofte in zijn zak dat al zijn kleding ruimschoots door het televisiestation zou worden vergoed, had Harvey de nieuwe garderobe meegebracht, die hij had aangeschaft na de uitspraak van de rechter. En zoals hem was opgedragen, had hij de kleren in een paar vuilniszakken gepropt.

'Jullie denken dat dít slecht weer is?' vroeg hij, terwijl hij uit zijn bestelwagentje stapte, de zakken kleding met zich meeslepend. 'Deze sneeuw is nog niets vergeleken met de bakken regen die die dag uit de hemel kwamen vallen. Het was vreselijk. En een windvlagen! Glenda houdt vol dat het niet regende toen ze de zakken op de oprit zette, maar dat gelooft toch niemand. Je hoefde er echt geen genie voor te zijn om aan de lucht te zien dat het elk moment kon gaan hozen.'

Wat een sukkel, dacht Ben Moscarello, de verslaggever van BUZ, terwijl hij Harvey de hand schudde. 'Hallo, Harvey. Dat moet me het dagje wel zijn geweest. Kun je de vuilniszakken op de oprit zetten? Dan maken we daar een opname van, met al je kleren die eruit hangen.'

'Het was ontzettend gemeen. Glenda had helemaal het recht niet om zo met mijn spullen om te gaan,' zei Harvey, terwijl hij de zakken neerzette, de sluiting openmaakte en met zorg de mouwen van een paar van zijn favoriete sweatshirts over de zijkanten drapeerde.

'Ja, dat is goed, Harvey,' zei Ben.

'Ongeveer vier jaar geleden had ik Glenda nog een koffer voor haar verjaardag gegeven. Daar had ze mijn kleren net zo goed netjes in kunnen inpakken. Ze zou hem heus wel terug hebben gekregen.'

Jaja, dat zal wel, dacht Ben sarcastisch. 'Harvey, als je nu bij de voordeur kunt gaan staan en je verhaal doet over de afschuw en schaamte die je voelde, toen je de hoek om kwam rijden en de hele garderobe waar je zo trots op was, over de weg uitgespreid aantrof. Doornat en smerig. En toen er ook nog door een vrachtwagen overheen werd gereden.'

'Dat zal ik mijn leven lang niet vergeten!' begon Harvey. 'Mijn leven lang niet. Ik heb er nog steeds nachtmerries van.'

'Bewaar dat maar voor als de camera loopt,' zei Ben, terwijl ze samen het pad naar de voordeur op liepen. 'We willen niet dat je iets zegt over het feit dat je te laat was om je spullen op te halen. Dat roept geen sympathie op.'

'Het was maar vijf minuten,' protesteerde Harvey, terwijl hij zich voor de voordeur posteerde.

'Dat weet ik, maar heb het er maar niet over. Niets van dit alles moet jouw schuld zijn. Het gaat erom dat het publiek graag programma's ziet met zielige slachtoffers erin. Ze vinden die mensen niet alleen aardig, maar voelen met hen mee. En ze zullen nóg meer medelijden met je hebben, als ze horen dat je ex-vrouw de hoofdprijs in de loterij heeft gewonnen.'

Harveys gezicht betrok. 'Daar kom ik nooit overheen.'

'Oké, laten we beginnen met de opname,' zei Ben snel. 'Harvey, je zei net dat je er nooit overheen zult komen?'

'Nooit!'

'Zou je kunnen zeggen dat de vernedering van al je kleren als oud vuil verspreid over de straat te zien liggen, ervoor zorgde dat je depressief werd?'

'Ik was woedend en depressief. En te blut om iets nieuws aan te kunnen schaffen. Godzijdank moest Glenda de schade betalen van de rechter. Ik had al een jaar voor we uit elkaar gingen geen werk meer en toen stapte ik op een dag die Go Go Bar binnen, waar ik Penelope heb ontmoet en...'

'Harvey!' onderbrak Ben hem. 'We willen niet horen dat je geen baan kon vinden omdat je het te druk had met je vriendin. Dat komt ook niet sympathiek over.'

'En wat het ergste nog was: vlak na de scheiding maakte Penelope het nog uit ook!'

De cameraman tikte Ben op zijn schouder. 'We moeten haast maken. Eigenlijk zouden we nu achtergrondopnames aan het maken moeten zijn van de braderie onder de kerk en daarna moeten we snel verkassen om opnames te kunnen maken van het moment dat de Kerstman in zijn slee stapt.'

'Oké,' reageerde Ben ongeduldig en richtte zich toen weer tot Harvey. 'Laten we beginnen met het verhaal dat Glenda en jij na twaalf prachtige jaren gescheiden zijn en hoe geschokt je was, toen je opeens een kant van haar te zien kreeg die gemeen en wraaklustig was.'

'Wraaklustig?'

'Dat ze niet aardig tegen je was.'

Harvey schraapte zijn keel. 'Glenda en ik trouwden toen zij twintig was en ik vierentwintig,' begon hij. 'Ze was misschien geen Marilyn Monroe, maar ik dacht dat ze een lieve vrouw was. Maar ik had het mis.'

'Stop,' kreunde Ben wanhopig. 'Harvey, luister. Als je af gaat geven op het uiterlijk van je vrouw, zal iedere vrouwelijke kijker een hekel aan je hebben. Hou het bij hoeveel je van haar hield.'

'Ik hield van mijn vrouw,' begon Harvey gehoorzaam. 'Ik

hou nog altijd van haar. Glenda staat bij mij op de allereerste plaats.'

Ga door, bad Ben.

'Ik smeekte haar om het uit te praten,' vervolgde Harvey, nu echt in zijn verhaal. 'Maar ze weigerde bot en we scheidden. Glenda kreeg het huis, wat ik heel oneerlijk vond, maar sinds we er een tweede hypotheek op hadden genomen was er geen echt evenwicht meer, als je begrijpt wat ik bedoel.'

'Harvey,' onderbrak Ben hem weer. 'Vertel over de kleren en loop ondertussen naar de oprit.'

Harvey knikte. Vol drama wees hij naar de voordeur van het huis. 'Het was heel onaardig van Glenda om zo snel de sloten te laten vervangen. Ik had nog niet eens de kans gehad om al mijn spullen weg te halen. Dus hadden we afgesproken dat ze mijn kleding buiten op de oprit zou zetten.' Hij liep naar de vuilniszakken en wees erop. 'Die kunnen hier nog geen twee minuten hebben gestaan, toen het begon te stormen,' zei hij, knipperend met zijn ogen omdat de sneeuw in zijn gezicht sloeg.

'Goed, Harvey,' zei Ben. 'Nu gaan we de kleren over de straat uitspreiden en laten we de vrachtwagen eroverheen rijden.'

Vijf minuten later stond Harvey midden op de weg met tranen in zijn ogen naar de grond te kijken. 'Ik kon gewoon niet geloven dat de vrouw met wie ik twaalf jaar van mijn leven had gedeeld, me dit aan zou doen,' zei hij, terwijl hij op de doorweekte sweatshirts, broeken, overhemden, sokken en onderbroeken wees. 'Ik was helemaal kapot toen ik dit zag. Nog veel kapotter dan mijn kleren.'

Ben maakte een gebaar met zijn arm. Er kwam een vrachtwagen de weg afdenderen, die over Harveys nieuwe kleren reed.

'Stop!' riep Ben. 'Dat staat erop!'

Weer een stuk van de reportage over het Vreugdefestival afgewerkt.

Hoofdstuk 30

Voordat Duncan Flowers moeder belde, gingen ze alle winkels in de hoofdstraat af, voor het geval Flower in een ervan was geweest. Ze liepen zelfs de bioscoop binnen, om te kijken of ze daar was geweest om de tijd te doden, voordat ze Duncan wilde verrassen.

Maar niemand had haar gezien.

Vervolgens belden ze naar de Branscombe Inn en de twee *bed-and-breakfast* hotelletjes in het dorp: Het Schuilhoekje en Knoll. Maar in geen van twee had ze zich gemeld. Toen moest Duncan, tegen zijn zin in, haar ouders wel bellen. Haar moeder, Margo Bradley, die hij nooit had ontmoet, was verbaasd van hem te horen.

'Duncan, hallo. Ik heb Flower proberen te bellen, maar haar telefoon staat uit en haar mailbox is vol. Is er iets aan de hand?' vroeg Margo gehaast.

Met de moed in zijn schoenen vertelde Duncan wat er was gebeurd.

'Oh! Daar ben ik altijd bang voor geweest!' riep Margot uit.

'Hoezo?'

'Flower is de erfgename van de Corn Bitsy Cornflakes Company. Haar overgrootvader is die destijds begonnen. Ik ben al sinds haar geboorte bang dat ze ontvoerd wordt!'

'Erfgename?' reageerde Duncan vol ongeloof. 'Dat zou ik in geen duizend jaar hebben geraden.'

'Zo wilde ze het ook,' legde Margo bezorgd uit. 'Ze wilde iemand ontmoeten die van haar hield om haarzelf.'

'Dat doe ik,' zei Duncan vol vuur. 'Ik ben alleen verbaasd, omdat alles wat ze over haar jeugd vertelde, me deed denken aan de mijne.'

'Onze levensstijl was ook helemaal niet luxueus,' verklaarde Margo. 'Flowers vader en ik geven niets om geld. Ik kreeg zelf mijn erfenis op mijn achttiende en in de jaren daarna heb ik zowat alles weggeven aan goede doelen of uitgeleend aan mensen die erom vroegen. Daarom krijgt Flower haar erfenis pas op haar vijfentwintigste. We hebben altijd geprobeerd uit de publiciteit te blijven, maar er zijn natuurlijk wel mensen die weten van die erfenis. Ik ben zo bang dat, nu ze haar erfenis bijna krijgt, iemand haar tot doelwit heeft gekozen.'

'Mevrouw Bradley, het kan zijn dat het niets te maken heeft met die erfenis. Ik heb zelf net twaalf miljoen dollar gewonnen in de loterij en daar is veel publiciteit over geweest. Als ze tot doelwit is verkozen, kan het ook vanwege míj zijn.'

'Duncan,' zei Margo een beetje ongeduldig. 'Flowers erfenis gaat om meer dan honderd miljoen dollar. Ik wist wel dat ze niet het hele land had moeten overvliegen om tijd door te brengen met een man van wie ze helemaal niets weet.'

'Ik hóú van haar,' protesteerde Duncan. 'En ik zal ervoor zorgen dat haar niets overkomt. Dat beloof ik. Ik zal haar vinden.'

'Maar maak die erfenis alsjeblieft niet bekend. Als alles goed is met Flower, moeten we niet een of andere gek op akelige ideeën brengen.'

Duncan was helemaal van streek toen hij had opgehangen. Haperend vertelde hij aan de anderen wat Flowers moeder zojuist had onthuld.

'Duncan,' zei Jack. 'We moeten Steve bellen dat Flower wordt vermist en dat het nodig is dat de politie naar haar op zoek gaat. En dan moeten we natuurlijk wel zeggen waarom we vermoeden dat er een ernstig probleem is. Anders vraagt hij zich af waarom de politie in vredesnaam op zoek zou moeten naar een vierentwintigjarige vrouw die pas een paar uur niets van zich heeft laten horen.'

Terwijl Jack naar Steve belde, gingen Alvirahs gedachten weer terug naar de tijd dat Willy was ontvoerd en werd vastgehouden voor losgeld. Toen had ze een baantje weten te krijgen in het goedkope hotelletje waarin ze dacht dat hij werd vastgehouden. De criminelen hadden Willy willen vermoorden als ze het geld eenmaal binnen hadden. Godzijdank dat ik hem toen heb kunnen redden. Waar zou Flower zitten? De verlovingsring die eigenlijk voor haar was bedoeld, zat in Alvirahs portemonnee. Toen besefte Alvirah dat er een van die bekende vreemde voorgevoelens van haar in haar opkwam. Zou die ring hen op het spoor van Flower kunnen zetten?

Ik moet die vent die de ring heeft gevonden en hem naar de juwelier heeft gebracht, te spreken zien te krijgen, besloot ze.

Hoofdstuk 31

In de kelder van Het Schuilhoekje zaten Woodrow en Edmund op een hobbelige, stoffige bank, die naar schimmel rook. Er hing een kaal peertje aan het plafond. Betty had hun een paar dekens gegeven om over zich heen te leggen. Maar ze hadden het allebei ijskoud en hun angst om het feit dat Jed en Betty Flower van kant wilden maken, werd alleen maar erger.

Edmund hield zijn hoofd in zijn handen. 'Woodrow, ik ben bang!' zei hij.

'Rustig, Edmund. Ik ben al nerveus genoeg. En ik heb last van mijn maag. Ik had al dat snoep niet moeten eten.'

'Woodrow, die buikpijn van je interesseert me niks. We móeten zorgen dat we niet bij een moord betrokken zijn straks. Heb je het gezicht van dat meisje gezien toen we haar vastgebonden en wel daar achterlieten? Ze is doodsbang en het is nog maar een kind.'

'Wat wil je dan doen?' vroeg Woodrow boos – hij spuwde de woorden zowat uit. 'Onze enige kans is dat lot te vergeten en zo snel mogelijk uit dit dorp weg zien te komen, wat we al van plan waren om volgende week, na de laatste cursusavond, te doen. Dan krijgen we dat geld niet, maar worden we ook niet opgepakt voor moord.'

'Dat worden we wel, als we Betty en Jed hun gang laten gaan en we niet ons best doen om hen tegen te houden. Wat er ook gebeurt, dat meisje ontsnapt niet aan hun plannen om haar te vermoorden.' Edward slikte en streek met zijn vingers door zijn dunner wordende haar. 'Hadden wij vroeger nou maar eens een beetje geld geërfd. We zijn nooit echt hebberig geweest met onze plannetjes. Ik denk echt niet dat we ooit geld hebben aangenomen van mensen die het zich niet konden veroorloven een paar dollar kwijt te raken.'

'Kom op, Edmund. En Duncan dan? Die hebben we totaal uitgekleed.'

Boven hun hoofd hoorden ze de planken vloer kraken. Betty snelde van de keuken naar de eetkamer en weer terug. Het was duidelijk druk tijdens de thee. 'Jed,' hoorde ze haar snauwen. 'Je bent de jam op tafel vier vergeten.'

'Ze is echt gemeen,' zei Edmund met trillende stem. 'Woodrow, wat moeten we nou? We kunnen dat meisje echt niet laten vermoorden. We mogen dan oplichters zijn, moordenaars zijn we níét. Die twee,' wees hij naar boven, 'lijken daar geen problemen mee te hebben. In de gevangenis werd er altijd al gefluisterd dat Jed goed weg was gekomen. Dat hij een paar écht slechte dingen had uitgespookt. Maar hij werd stom genoeg opgepakt bij een gewone bankroof. Met een geladen pistool, dat wel.'

'Heb je een plan?'

'Ja. Als we nou zorgen dat we dat meisje hieruit krijgen en dan die Duncan bellen. Zij is het bewijs dat we haar leven hebben gered. Als hij ons dan het lot niet wil geven, maken we ons meteen uit de voeten.'

Woodrow was even stil. 'Edmund, hoe stom ben je eigenlijk? Betty en Jed laten ons hier toch nooit levend wegkomen met dat meisje. De pistolen liggen waarschijnlijk in Betty's taartvormen verstopt. En als ze ervan overtuigd zijn dat hun hele manier van leven wordt bedreigd, zullen ze niet aarzelen om die ook te gebruiken.'

'Nou, laten we dan nu uitbreken, terwijl ze druk zijn met hun theepartijtje.'

'En jij denkt dat dat meisje zomaar met ons meegaat? Absoluut niet.'

'Geloof me, Woodrow, die vertrouwt ons meer dan ze Betty vertrouwt. Als ik de keus had om met ons mee te gaan of hier te blijven bij Jed en Betty, dan koos ik zeker voor ons.'

'Ja, en als we haar leven redden is het minste wat Duncan kan doen ons het lot geven,' knikte Woodrow. 'Goede daden worden beloond, zei tante Millie altijd.'

Edmund knipte met zijn vingers. 'Ik weet het! We halen tante Millie erbij.'

'Hoezo?'

'We laten háár het lot bij Duncan halen. Ze zal woedend zijn als ze hoort dat er honderdtachtig miljoen dollar door onze neus wordt geboord. We leggen haar wel uit dat we een foutje hebben gemaakt met die oliebron, maar dat we iedereen terug zullen betalen. En ze hoeft niets over Flower te weten. We zeggen gewoon tegen haar dat ze Duncan moet bellen en moet zeggen dat het heel pijnlijk zal zijn als ze het lot, dat ze in de krantenwinkel heeft gekocht toen ze bij ons op bezoek was, niet van hem terugkrijgt. En dat haar neven niet houden van pijnlijke zaken. Dan moet hij wel een idioot zijn om het niet te begrijpen.'

'Maar hij ís een idioot.'

'Wat dan nog? Volgens mij kan het lukken. Tante Millie mag niets weten van Flower en wij ontsnappen hier met dat meisje en vluchten in Jeds busje naar Canada. Ik heb zijn autosleutels aan een haakje in de schuur zien hangen. Niemand zal op zoek gaan naar Jeds busje – hij durft het natuurlijk niet als gestolen op te geven. We zeggen Millie dat ze een limo moet huren en naar Branscombe moet komen. Dan kan ze hier om een uur of tien zijn. En zodra we de boodschap krijgen dat ze het lot in handen heeft, laten wij Flower gaan.'

'En ik neem aan dat we, als we tóch worden gepakt, troost zullen vinden in het feit dat er een hoop geld op ons ligt te wachten als we uit de gevangenis komen,' merkte Woodrow somber op.

'Als ze het niet allemaal al over de balk heeft gegooid.'

Woodrow haalde verslagen zijn schouders op. 'In ieder geval hebben we dan juist gehandeld en Flowers leven gered.'

'Laten we tante Millie meteen bellen,' zei Edmund. 'Ik wil dat meisje hier weg hebben.'

Tante Millie nam al op bij de eerste keer overgaan.

'Woodrow, vanwaar de eer?' vroeg ze kortaf. 'Het is altijd leuk om iets van je te horen, maar het betekent meestal dat er problemen zijn.'

'Edmund en ik waren gewoon benieuwd hoe het met u is,' antwoordde Woodrow onschuldig.

'Ik verveel me dood. Ik kan niet naar het casino, totdat ik mijn uitkering weer binnenkrijg. Het leven is geen lolletje als je geen geld hebt. Nou, wat moeten jullie?'

'Om eerlijk te zijn: we hebben slecht, maar ook góéd nieuws.'

'Voor de draad ermee.'

'We hebben een lot gekocht en daar honderdtachtig miljoen dollar mee gewonnen.'

'Wát. Het is niet waar! En wat kan dan in vredesnaam nog slecht nieuws zijn?'

'Nou, we waren bezig met een zaakje en…'

'Jullie twee leren het echt nooit, hè?'

'Luister, we waren kien genoeg om de loterij te winnen, dus eh…'

'Oké, da's waar.'

'Maar iemand heeft ons lot gestolen uit de vriezer en we willen het terug. We weten zeker wie het heeft gedaan. Hij heet Duncan Graham en toevallig hebben wij hem aandelen in een niet-bestaande oliebron verkocht.'

'Mijn hoofd tolt. Waarom zou hij dat aan mij teruggeven?'

Woodrow aarzelde even. 'Omdat hij al meedeelt in het andere lot dat de hoofdprijs heeft gewonnen, dus krijgt hij sowieso al twaalf miljoen. Maar ons lot heeft hij gestolen en dat weet hij maar al te goed. Van u willen we alleen maar dat u hem ervan overtuigt dat het lot van u is. En we willen dat hij weet dat het erg pijnlijk voor hem zal zijn als hij het lot niet teruggeeft aan u, de rechtmatige eigenaar, die het lot heeft gekocht toen ze bij haar geliefde neven logeerde. Snapt u?'

'O, wat een goed idee! Vertrouw me maar, dat lukt me wel. Ik krijg een derde, oké?'

Woodrow moest even slikken. 'Natuurlijk, tante Millie. We zullen zelfs uw limo-rit naar Branscombe betalen.'

'Oké, geef me het nummer van die Duncan maar...'

Toen Woodrow zijn telefoon dichtklapte, keek hij zijn neef aan. 'We hebben geluk dat ze er is,' zei hij tegen Edmund. 'Zelfs al is ze een beetje hebberig en wil ze een derde.'

'Ach, twee derde is beter dan helemaal niets,' reageerde Edmund. 'We gaan.'

Hoofdstuk 32

'Waar ben jíj mee bezig?' vroeg Betty ruw, terwijl ze Flowers stoel weer overeind trok. 'Probeerde je hulp te krijgen? Dat lijkt me geen goed idee. Misschien vind je het interessant om te weten dat ik gebeld ben of jij hier was ingecheckt. Misschien wou die vriend van je toch niet van je af.'

Betty rukte de la van het bureau open en pakte er een rol stevig zwart plakband uit. Ze sleepte de stoel terug naar het bureau en maakte de stoel met een paar slagen aan een van de poten van het bureau vast. Neerkijkend in Flowers angstige ogen beet ze haar toe: 'Als je leven je lief is, probeer je niet nóg een keer zoiets.' Toen pakte ze een theedoek uit de zak van haar schort en blinddoekte Flower ermee. 'En nou geen gedonder meer,' mompelde ze geïrriteerd. 'Ik moet terug naar de thee.'

Ze gaat me vermoorden, schoot het door Flower heen, terwijl ze de deur dicht hoorde gaan. Dit is het einde. Wanhopig deed ze haar best om los te komen.

Een paar minuten later hoorde ze de deur weer openschuiven. O, mijn god, dacht Flower, ze gaat het nóú doen.

Toen hoorde ze een van de financieel adviseurs die haar had helpen vastbinden, zeggen: 'Niet bang zijn, Flower. We halen je hier uit. Alles wat wij willen is het lot dat je vriendje heeft. Die twee zijn van plan je te doden en dat laten we niet gebeuren.'

'O, nee?' hoorden ze Betty schreeuwen.

'Hè,' zei de man paniekerig.

Even later hoorde Flower de doffe klap van zijn neergevallen lichaam op de betonnen vloer.

Hoofdstuk 33

'Steve wil graag dat we met de foto van Flower naar de braderie onder de kerk komen,' zei Jack. 'Dan kunnen we er daar kopieën van maken. En hij zegt dat het er druk is. Dus lijkt het me een goede plek om te starten en de foto aan iedereen daar te laten zien.'

De wegen worden glad, dacht Duncan bezorgd, en met iedere minuut die passeert wordt het donkerder. Hoe kan dit toch allemaal gebeurd zijn? vroeg hij zich af. Hoe kan het toch allemaal? Was ik nou gisteravond maar gewoon thuis gebleven.

Het lijkt wel de stilte voor de storm hier, dacht Alvirah, alle straten zo verlaten. Waarschijnlijk is iedereen zich nu aan het klaarmaken voor de openingsceremonie en de aankomst van de Kerstman. Maar toen zag ze dat de parkeerplaats bij de kerk zowat vol was. Jack stopte voor de deur. Glenda en Regan sprongen de auto uit om Duncan te helpen met uitstappen, die nog onzeker was met zijn krukken.

'Ik rij wel even met je mee terwijl je de auto wegzet, Jack,' bood Alvirah aan.

'Dat is nergens voor nodig, Alvirah.'

'Kom, parkeer nou maar. Ik moet even iemand bellen.'

Toen Regan het portier dichtdeed, zei Alvirah: 'Ik wilde het niet zeggen waar Duncan bij was, maar ik wil die man die de ring hier heeft gevonden, natrekken. Het kan zijn dat die gezelschapsdame, die hoogstwaarschijnlijk verantwoordelijk is voor de moord op Kitty, hier ergens in de buurt zit. En dan kan Flower haar natuurlijk altijd toevallig tegen het lijf zijn gelopen. Als die gezelschapsdame hier in Branscombe is, weet ik zeker dat ze op de hoogte is van het feit dat Duncan de loterij heeft gewonnen.'

'Dat is zeker de moeite waard om te onderzoeken,' was Jack het met haar eens. 'Die ring is per slot van rekening niet hiernaartoe komen lópen.'

Maar Rufus Blackstone nam nog steeds de telefoon niet op. 'Waarom heeft die vent verdomme geen antwoordapparaat?' mopperde Alvirah. 'In deze tijd... Ik probeer mevrouw O'-Keefe even. Ik wil eens vragen wat ze zich weet te herinneren van die gezelschapsdame. Ze zal wel boos op me zijn, omdat ik zo lang niets van me heb laten horen.'

'Niemand kan boos blíjven op jou, Alvirah,' zei Jack vriendelijk, terwijl hij de auto parkeerde.

Alvirah toetste het nummer in. 'Ik vergeet nooit een telefoonnummer,' schepte ze op. 'Vooral dat van Bridget O'Keefe niet. Die belde me constant op en liet dan boodschappen achter om te vragen of ik misschien wist waar haar bril, haar adresboek of haar sleutels lagen... Hallo? Bridget? Met Alvirah Meehan...' Ze lachte. 'Nee, ik voel me niet te goed voor jou en ik zou het enig vinden om samen te gaan lunchen binnenkort... Maar er is vandaag iets heel vreemds gebeurd. Ik zit hier in een klein dorpje in New Hampshire en ik heb Kitty's bloemenring hier bij de plaatselijke juwelier in de etalage ontdekt. Ik weet absoluut zeker dat het de hare is.'

Alvirah hoorde haar voormalige werkgeefster, die haar dagelijkse portie soapseries had zitten kijken, aan de andere kant van de lijn scherp inademen. 'Ik heb de laatste tijd vaak aan die ring moeten denken. Hoe komt die juwelier eraan?'

'Een plaatselijke bewoner heeft hem op straat gevonden. Ik probeer hem te bereiken, maar ik wilde eerst weten wat jij je nog weet te herinneren van Kitty's gezelschapsdame. Ik heb haar maar één keer, en dan nog van een afstandje, gezien.'

Mevrouw O'Keefe zette de televisie zachter. 'Ik ben nog steeds zo verdrietig om Kitty. Die gezelschapsdame, waarvan we later uitvonden dat ze een valse naam had gebruikt, was zo stroopsmeerderig in het begin, maar later begon ze enorm de baas te spelen over Kitty.'

'Ja, ik weet nog dat je je daar zorgen om maakte. Maar hoe zag ze erúít?'

'Tja, ze had een rond gezicht met altijd een heel gemaakte glimlach erop geplakt. Bruin haar. Middelgroot, maar wel zwaargebouwd. Ze deed net of ze bezorgd was om Kitty's gezondheid en zei dat ze haar wel eens een beetje vet zou mesten. Dat irriteerde Kitty. Ze zat blijkbaar altijd met haar kop in de oven, cakes en koekjes aan het bakken, waarvan ze het grootste deel trouwens zelf naar binnen werkte. Wat is het toch vreselijk om te weten dat ze Kitty zo heeft bestolen en haar toen nog van de trap heeft geduwd ook. We weten allebei dat zíj dat op haar geweten heeft. Als je haar vindt, Alvirah, hoop ik dat ik de kans krijg om haar in haar gezicht te spugen.'

'Bridget, ik wil niets liever dan dat secreet vinden. Kitty was zo'n schat van een mens. Ik bel je zodra ik weer terug ben in New York. Ik heb de ring en als Kitty's neef het goed vindt, is die voor jou. Ik heb Kitty zo vaak horen zeggen dat ze wilde dat jij hem zou erven na haar dood.'

'Oh, Alvirah, wat ben je toch een lief mens. Met die ring krijg ik Kitty wel niet terug, maar dan heb ik haar toch een beetje bij me.'

De twee vrouwen zeiden elkaar gedag en Alvirah klapte haar telefoon dicht. 'Dat heeft niet veel opgeleverd,' moest ze toegeven. 'De moordende gezelschapsdame houdt van bakken. Wat me eraan herinnert dat ik honger heb.' Ze voelde in haar tas en haalde er een chocolaatje uit. 'Jij ook een, Jack?'

'Graag,' zei hij. Toen hij het rood-groene papier eraf haalde, zei hij: 'Hoe gaat het eigenlijk met je hoofd, Alvirah?'

Alvirah deed het portier open. 'Daar zal ik eens over nadenken, als we Flower hebben gevonden.'

Jack legde zijn hand onder haar elleboog, toen ze voorzichtig over de parkeerplaats naar de kerk liepen. Binnen liepen ze de trap af naar de gewelven eronder, die vrolijk waren versierd en waar glimlachende vrijwilligers zorgden voor een gezellige drukte. Het koor was ergens dichtbij aan het oefenen. 'Stille nacht, heilige nacht...'

Alvirah keerde zich in Jacks richting. 'Álles slaapt, sluimert zacht...' zong ze vals.

'Jack!'

Ze draaiden zich allebei om. Regan kwam zich naar hen toe haasten. 'Duncan heeft net een telefoontje gekregen van een oude tante van de Winthrops. Ze weten dat Duncan hun lot heeft en ze zei dat hij het beter niet te gelde kan maken omdat het háár lot is en het anders erg pijnlijk kon worden.'

'Pijnlijk kon worden?' herhaalde Jack.

'Dat is wat ze zei. Duncan is er zeker van dat het een dreigement is en dat die neven Flower hebben, maar de tante hing op voordat hij iets kon vragen.'

'En hoe moet dat lot bij haar terechtkomen?' vroeg Alvirah.

'Ze zei dat ze later terug zou bellen. Duncan weet dat zij het lot niet heeft gekocht, maar dat maakt hem niks uit. Hij is toch van plan om het aan haar te geven.'

Alvirahs hart zonk in haar schoenen. Tegen beter weten in had ze gehoopt dat Flower misschien een dagje was gaan skien en vanavond Duncan pas zou komen verrassen. Meestal eindigden dit soort ontvoeringen niet goed. Er was tenslotte altijd een kans dat de ontvoerders in paniek zouden raken en dan...

Ze wist dat Jack en Regan precies hetzelfde dachten.

Hoofdstuk 34

'Vuile verrader!' schreeuwde Betty, terwijl ze hoog boven een geschrokken Edmund uittorende, die ze met een karateslag tegen zijn achterhoofd, tegen de grond had geslagen. Duizelig en onhandig probeerde hij op te staan.

'Doe geen moeite,' hoorden ze kalm vanuit de deuropening, waar Jed stond en een pistool op Edmund richtte. 'Betty, bind hem vast.'

'Waar denk je dat ik mee bezig ben?' reageerde ze kattig, terwijl ze de rol plakband greep. 'Ik moet terug naar binnen, de gasten vreten zich ongans aan mijn scones.' Snel bond ze Edmunds handen achter zijn rug en wikkelde ze het plakband een paar keer om zijn enkels.

Toen hoorden ze de deur van het schuurtje opengaan en weer sluiten. 'De hulptroepen,' zei Jed spottend.

Net op het moment dat Betty een prop in Edmunds mond wilde doen, kon hij nog uitroepen: 'Woodrow, wegwezen!'

Maar het was al te laat.

Even later kwam Jed met Woodrow het kantoortje in, zijn pistool tegen Woodrows hoofd gedrukt. 'Betty, het ziet ernaar uit dat je mij zult moeten helpen bij Devil's Pass. We hebben nu al drie mensen die vanavond een duik willen nemen.'

'Jed, waar heb je het over?' vroeg Woodrow met trillende stem.

'Je neefje zei dat jullie dit meisje hier wilden laten gaan. Dat zou niet al te best voor Betty en mij zijn geweest, is het niet?'

'We wilden haar niet laten gaan.'

'Wat was dan het plan?' vroeg Betty ruw, terwijl ze zijn armen naar achteren trok en die met plakband omwikkelde.

'We kunnen dit toch wel regelen,' vroeg Woodrow smekend. 'Als we het lot te gelde maken, hoeven we maar tien procent. De rest is voor jullie.'

'Alleen maar als je er nog een paar oliebronnen bij doet,' snauwde Betty. 'Ik heb genoeg van dat gelul van jullie.' Ze propte een theedoek in zijn mond.

Vijf minuten later, de drie gevangenen veilig vastgebonden en niet in staat een geluid uit te brengen, was Betty terug in de zitkamer.

Rhoda Conklin en Tishie Thornton zaten geanimeerd te praten met twee dames aan een tafeltje naast hen.

'Bij Pettie hadden ze de verlovingsring voor Duncans vriendin zelfs als trekker in de etalage gelegd,' vertelde Tishie tegen een geboeid publiek. 'Hij was woedend.'

'Vanmorgen is er bij ons een of ander meisje binnen geweest, die naar hem op zoek was,' zei Rhoda. 'Maar dat is vast zijn vriendin niet geweest. Ze keek helemaal verbouwereerd, toen ik zei dat Duncan niet op z'n werk was omdat hij de loterij had gewonnen.'

Een van de vrouwen maakte een wegwuivend gebaar. 'Misschien was het gewoon iemand die wist dat hij had gewonnen en hem wilde ontmoeten.'

'Maar wie gaat er nou naar z'n werk als je net twaalf miljoen hebt gewonnen?' vroeg de andere vrouw. Ze lachte. 'Waar of niet, Rhoda?'

'Dat is mijn probleem niet meer, wie er wel of niet naar zijn werk komt,' snauwde ze. 'Of wie Duncans vriendin is.'

Gelukkig weten ze nog niet dat ze wordt vermist, dacht Betty, terwijl ze een tafel begon af te ruimen. We moeten Flower en die andere twee, zodra het donker is, hier weg zien te krijgen. Rhoda kreeg haar in het oog en wenkte. 'Kunnen wij de rekening krijgen? Ik vroeg me al af waar u was. We hadden nog graag een kop thee gewild, maar het is nu te laat. Ik ben zelfs naar u op zoek geweest in de keuken.'

Ze heeft hoop ik niet in het washok gekeken, dacht Betty niet op haar gemak, omdat ze Flowers jas in de wasmand had gepropt en haar rugzak erachter had gegooid. Zou Rhoda die gezien hebben? 'Sorry,' reageerde Betty glimlachend. 'Het is zo druk met het festival. Ik heb mijn handen er vol aan.'

'Dat hele festival kan me gestolen worden,' zei Tishie. 'Bah, flauwekul.'

'Ja, bah, flauwekul, helemaal mee eens,' beaamde Rhoda, terwijl ze haar portemonnee pakte. 'Ik trakteer, Tishie. En bedankt dat je me bent komen halen, ik had niet durven rijden met die gladheid. Gelukkig ga ik morgen weer terug naar Boston.'

Ja, gelukkig, dacht Betty.

Hoofdstuk 35

Nadat het lot veilig bij de enige bank in het dorp in de kluis was gelegd, spraken Ralph, Tommy en Marion af om elkaar bij het begin van de openingsceremonie weer te treffen. Ralph en Judy waren hand in hand naar hun auto gelopen, Tommy had, onder het toeziend oog van zijn ouders, plaatsgenomen achter het stuur van hun tien jaar oude bak en Marion was in haar eentje naar huis gereden.

Eenmaal binnen gooide Marion de autosleutels op het aanrecht en liep naar haar slaapkamer. Eerst die chique kleren uit en mijn badjas aan, dacht ze. Dan maak ik een lekker kopje thee voor mezelf en ga ik een paar uur een beetje rusten. Ik heb vannacht bijna geen oog dichtgedaan, maar nu kan ik ook niet slapen.

Zonder enige aanleiding barstte ze opeens in tranen uit. Snel pakte ze een zakdoekje uit de la en depte daarmee haar ogen. Ik voel me zo alleen, dacht ze. Dat geld is natuurlijk fantastisch, maar ik zal het missen om iedereen elke dag te zien – de mensen met wie ik heb gewerkt en de vaste klanten ook. Wat moet ik in vredesnaam dóén met zo'n hele dag voor me als ik 's morgens wakker word?

Ze trok haar badjas aan, knoopte de band om haar middel vast en zei tegen zichzelf dat ze niet zo raar moest doen. Er zijn hopen mensen die er ik weet niet wat voor over zouden hebben om nu in mijn schoenen te staan. Als Gus nou nog maar had geleefd. Dan zouden we al zo veel voorpret hebben bij het bedenken van alle reizen die we gingen maken. Ze herinnerde zich de klant die haar eens een heleboel foto's van pinguïns had laten zien, toen ze op een cruise naar Antarctica was geweest. Maar Gus en ik zouden die pinguïns gelaten hebben voor wat ze waren en liever ergens heen zijn gegaan waar het lekker warm is, dacht ze vol verlangen.

In de keuken zette ze de ketel op, deed de kast open en pakte er een kopje en een theezakje uit. Ik moet Glenda even bellen. Met de telefoon in haar handen keek ze op de lijst die tegen de zijkant van de koelkast zat geplakt, en toetste het nummer in. Toen Glenda opnam, hoorde Marion allerlei drukte op de achtergrond. 'Glenda, het lot ligt veilig en wel achter slot en grendel,' begon ze opgewekt. 'Hoe is het met Duncan?'

'Niet best,' antwoordde Glenda vlug. 'Zijn vriendin wordt vermist.'

'Wat?'

Glenda legde de situatie uit. 'Ik ben nu op de braderie onder de kerk. We laten aan iedereen hier haar foto zien. En daarbij is er nog iets: we hebben de ring bij de juwelier opgehaald en die blijkt acht jaar geleden gestolen te zijn.'

'De ring voor Flower is gestolen?'

'Ja, wat ik bedoel is dat de ring die Duncan aanbetaald had, de vorm heeft van een bloem en... Sorry Marion, ik kan het nu niet verder uitleggen.'

'Ik wil helpen!' riep Marion.

'We laten je echt niet door de sneeuw ploeteren en overal aanbellen.'

'Glenda, doe niet zo maf. Tot vanmorgen heb ik nog de hele dag op mijn benen in de bakkerij gestaan!'

'Ik weet al iets: ik zorg dat jij Flowers foto via de e-mail krijgt. Als je dan naar Conklin gaat en bij de deur iedereen die foto laat zien, vind je misschien iemand die haar heeft gezien.'

'Conklin?' vroeg Marion onzeker.

'O, dat weet je ook nog niet. Het stinkdier is voorgoed vertrokken. Sam en zij hebben hun relatie vanmorgen verbroken. En Sam is er maar wat blij mee.'

'Stuur me die e-mail dan maar gauw door. Ik ben al onderweg!' Marion hing op. Een ring in de vorm van een bloem, dacht ze, terwijl ze gauw weer terug naar de slaapkamer liep. Die heb ik eens iemand zien dragen.

Maar wie?

En waar?

Hoofdstuk 36

Betty kwam met het laatste blad met vuile kopjes en taart-bordjes de keuken in. Snel zette ze het op het aanrecht en liep meteen naar het washok.

'Wat doe je?' vroeg Jed.

'Kijken of die rugzak zichtbaar is. Rhoda Conklin zei dat ze hier in de keuken was geweest, toen wij in het schuurtje waren. Ze heeft Flower vanmorgen ontmoet in de supermarkt en misschien is het haar opgevallen dat ze een rode rugzak bij zich had.' Betty staarde naar de rode stof die achter de was-mand uitstak. 'Je kunt er een klein stukje van zien, maar niet zoveel dat het opvalt. Als dat FLOWER POWER logo zichtbaar was geweest, waren we erbij geweest.' Ze pakte Flowers jas en rugzak en duwde die in Jeds handen. 'Rij de auto tot vlak voor het schuurtje en leg dit er vast in. We moeten die drie zo snel mogelijk in het busje zien te krijgen en laten ver-dwijnen.'

'Betty, het is nog niet donker genoeg.'

'Jed, hou op met dat domme gedoe. Rhoda Conklin, die roddeltante Tishie Thornton en een paar andere vrouwen had-den het daarnet uitgebreid over Flower. Ze wisten nog niet dat ze wordt vermist, maar dat zal niet lang meer duren. Ik ben al door iemand gebeld die wilde weten of ze hier soms was ingecheckt. We kunnen echt het risico niet lopen dat de politie hierlangs komt en rond gaat neuzen. Ze hebben geen huiszoekingsbevel nodig om achterom te komen en de auto van de Winthrops achter het schuurtje te zien staan. Ze zeiden toch al dat de politie misschien wel naar hen op zoek was.'

'Zachter,' snauwde Jed. 'Misschien is er wel iemand boven.'

'Er is niemand boven. Waarom zouden de televisiemensen nou hier zijn, als ze het festival moeten verslaan?' katte ze terug.

'Betty, we moeten wachten tot het donker is,' zei hij streng. 'Dat is nog maar een halfuur.'

'Nou, rij dan de bus maar tot bij het schuurtje en ga daar bij hen zitten tot we gaan. Die meid is slim. Ze had al iets bedacht om de aandacht te trekken. Als ik er geen einde aan had gemaakt, had iemand haar best kunnen horen.'

'Nou, geweldig, hoor, dat je er een einde aan hebt gemaakt. Maar dit zou allemaal niet gebeurd zijn als jij het beter had afgehandeld, toen de Winthrops voor de deur stonden.'

'En jij had in de gevangenis nooit bevriend met hen moeten worden!' Zenuwachtig begon Betty de kopjes af te wassen. 'Jed, als we hen kwijt zijn, kunnen we beter zo snel mogelijk hier weggaan. Er komen natuurlijk een hoop vragen wanneer Flower niet op komt dagen, en misschien ook wel over die andere twee. En als er iemand écht diep gaat graven, komen ze erachter dat de echte Betty en Jed Elkins zes jaar geleden zijn omgekomen bij een busongeluk in Duitsland.'

Hoofdstuk 37

'Duncan, als jij het gevoel had dat het telefoontje van die vrouw een dreigement was, dan heb je misschien wel gelijk dat die twee oplichters Flower hebben,' zei Jack botweg.

'We kunnen beter even naar het kantoortje gaan om te praten,' stelde Steve voor. 'Daar die deur door en dan de hoek om.'

Steve en Muffy, de Reilly's, Alvirah, Willy, Glenda en Duncan liepen achter Steve aan het kantoortje in. Jack deed de deur achter hen dicht.

'Ze móéten Flower wel hebben,' gooide Duncan eruit. 'En daarom geef ik dat lot aan die tante van hen. Waarom heeft ze toch meteen opgehangen? Ik zei helemaal niet dat ik dat lot niet wilde geven.'

'Ze speelt een spelletje met je, Duncan,' zei Regan. 'Ze weet exact wat ze doet.'

Duncan wees naar het raam. 'Het wordt dadelijk donker. Ik kan hier niet maar gewoon blijven zitten en wachten tot die vrouw me weer belt. We moeten Flower gaan zoeken. Het zal jullie wel raar in de oren klinken, maar ik heb heel sterk het gevoel dat Flower me smeekt om haar te vinden, voor het te laat is.'

'Dat gaan we ook doen, Duncan,' zei Jack vlug. 'Maar we kunnen deze zaak niet officieel beschouwen als een ontvoering. Jij hebt het lot dat zij hebben gekocht meegenomen en ze willen het terug. Het zou toeval kunnen zijn dat Flower tegelijkertijd wordt vermist. En haar verdwijning zou met iemand anders te maken kunnen hebben, vooral nu we weten dat ze zo'n grote erfenis gaat krijgen. Waar je je aan vast moet houden is dat ze een volwassen vrouw is en nog niet zo heel lang geleden contact heeft opgenomen. Vanmorgen nog heeft ze je een aantal malen proberen te bereiken. Ze zou bij wijze van spreken elk moment hier opeens de braderie binnen kunnen komen lopen.'

'Nee, dat kan niet,' zei Duncan moedeloos. 'Ik weet gewoon dat ze ergens is waar ze mijn hulp nodig heeft.'

'Nou, laten we dan in actie komen,' zei Regan voortvarend. 'Steve, kunnen we een van die apparaten gebruiken om Flowers foto te vermenigvuldigen?'

'Ja.'

'Ik heb hier de mailing gemaakt voor het festival,' zei Muffy. 'Ik zal de foto in de computer scannen en hem dan een heleboel keer afdrukken. En daarna kunnen we er een e-mail uit gooien. We hebben van bijna iedereen in dit dorp een e-mailadres. Ik zal een noodbericht uitsturen, met een foto en beschrijving van Flower.'

'Dat is geweldig,' zei Regan.

'Ik heb Marion beloofd dat ik haar een foto van Flower zou mailen,' zei Glenda. 'Dan gaat ze naar Conklin en vraagt iedereen die erin of eruit gaat, of ze Flower hebben gezien.'

'Ik zal de hoofdcommissaris hier bellen,' zei Steve. 'We hebben een paar nummers gereserveerd voor noodgevallen. Als hij me er daar een van geeft kunnen we dat nummer in de e-mail vermelden, zodat de mensen kunnen bellen als ze haar hebben gezien.'

Duncan had Flowers foto niet meer uit handen gegeven sinds Glenda die aan hem had geretourneerd, nadat ze er de winkels in de hoofdstraat mee langs waren gegaan. Nu haalde hij de foto voorzichtig uit het lijstje en gaf hem aan Muffy. Die ging er meteen mee aan de slag.

Al die activiteit opeens zorgde ervoor dat Duncan weer met wat meer hoop uit zijn ogen keek.

'Duncan, we laten eerst haar foto aan alle vrijwilligers hier zien,' zei Alvirah troostend. 'En dan gaan we de straat op. Volgens mij kunnen we iedereen hier in Branscombe in een uurtje hebben bereikt.'

'Steve en ik gaan zo naar het park,' zei Muffy, terwijl de printer Flowers foto uitspuwde. 'We worden op het podium verwacht als de Kerstman aankomt. We zullen de vrijwilligers daar ook vragen om Flowers foto uit te delen.'

'En staan er ook mensen langs de kant, op de route die de Kerstman neemt?' vroeg Nora.

'Ja,' antwoordde Steve. 'Er staan nu al mensen, schijnt. Sommige kijkers vinden het blijkbaar niet erg om een tijdje in de kou en de sneeuw te moeten staan, om een goed plekje te hebben.'

'Dan willen Luke en ik wel de mensen langsgaan die nu al staan te wachten, om Flowers foto aan hen te laten zien.'

'Ja, dat willen we zeker,' stemde Luke met haar in. Hij legde zijn hand op Duncans schouder, maar wist verder niets wat hij kon zeggen. Hij herinnerde zich maar al te goed hoe bang hij was geweest, toen hij en zijn chauffeur ontvoerd waren en voor dood werden achtergelaten in een lekkende boot. 'Oké, jongens, laten we opschieten.'

'Ik ga wel met jou en Nora mee,' bood Willy aan. 'Ik zie er misschien niet zo uit, maar ik ben nog snel, hoor. En Alvirah wil graag in de buurt van Regan, Jack en Duncan blijven. Het lijkt me het beste als we ons verspreiden en op die manier zo veel mogelijk mensen bereiken.'

'Muffy, voor we nou allemaal onze eigen weg gaan,' zei Alvirah, 'ken jij ene Rufus Blackstone?'

'Rufus Blackstone? Maar natuurlijk. Hij speelt Scrooge in het toneelstuk *A Christmas Carol*. Ze waren aan het repeteren in een gebouw hier tegenover, maar ik denk dat ze daar nu wel klaar mee zijn. Hoezo?'

'Ik probeer hem de laatste paar uur al te bellen. Hij heeft die ring gevonden die Duncan voor Flower heeft aanbetaald. Daar wilde ik hem een paar dingen over vragen, want hij blijkt acht jaar geleden gestolen te zijn. En ik móét weten hoe dat zit,' zei ze.

Regan wierp een blik op Alvirah. 'Weet je wat? We gaan er meteen samen naartoe,' zei ze. Ze richtte zich tot Jack. 'We zijn zo weer terug. Waarom ga jij niet met Glenda en Duncan de foto hier aan de vrijwilligers laten zien?'

'Goed idee.'

Met z'n allen liepen ze, ieder met een stapel van Flowers foto in de hand, het kantoortje uit. Steve wenkte een vrijwilliger. 'Ik zou graag hebben dat je deze twee mensen,' hij wees op Luke en Nora, 'ergens langs de route van de Kerstman afzet.'

'Natuurlijk, meneer de burgemeester.'

'En zou je deze meneer ongeveer halverwege het park af willen zetten?'

Regan en Alvirah haastten zich de kerk uit, naar de overkant. De repetitie was voorbij. Snel lieten ze Flowers foto aan de laatste acteurs zien, die al op weg waren naar de deur.

'Sorry,' zeiden ze allemaal.

'Ik zou graag Rufus Blackstone spreken,' zei Alvirah tegen een van hen. 'Is hij nog hier?'

'Dat is die lange man daar, met dat witte haar en die baard, die zijn vrouw nu net in haar jas helpt. Ze zijn nog in gesprek met de regisseur. Rufus heeft aan het eind van iedere repetitie nog een paar suggesties.'

'Meneer Blackstone!' galmde Alvirah. 'Ik moet u spreken.'

Toen ze zijn gezicht zagen betrekken, haastten Alvirah en Regan zich naar hem toe en stelden ze zichzelf voor. 'We zijn bevriend met de jongeman die de bloemvormige ring die u heeft gevonden, voor zijn verloofde heeft gekocht.'

'Bedoelt u Duncan? Iedereen praat over hem. Hij werd de hele nacht vermist en heeft toen de loterij gewonnen, is het niet?'

'Ja, dat klopt,' antwoordde Alvirah. 'Meneer Pettie vertelde ons dat u de ring op straat heeft gevonden.'

'Dat klopt.'

'Waar hebt u hem gevonden?'

Hij kneep zijn ogen samen. 'Waarom wilt u dat weten?'

'Omdat degene die hem acht jaar geleden heeft gestolen, misschien dezelfde is die hem heeft verloren.'

'Mijn god,' schrok Rufus' vrouw Agatha. 'Is die ring gestolen?'

'Ja,' antwoordde Alvirah. 'En daarbij nog door iemand die misschien wel verantwoordelijk is voor de dood van de eigenaresse ervan.'

'Nou, dan verbaast het me niets dat er niemand heeft gereageerd op mijn 'verloren voorwerpen' advertentie in de krant,' reageerde Rufus. 'Hij heeft er echt wekenlang in gestaan. Ik dacht dat hij dan wel verloren zou zijn door de een of andere toerist.'

'Waar hebt u hem gevonden?'

'Recht voor Conklins supermarkt.'

'Conklins supermarkt?' herhaalde Alvirah. 'Nou, daar is een hoop gaande, blijkbaar, de laatste tijd.'

'De band van de ring was versleten. Ik denk dat hij is gebroken en van iemands vinger is afgevallen.'

'Iemand die het recht niet had om die ring te dragen,' merkte Alvirah op, met in haar hoofd de gezelschapsdame van Kitty.

Agatha's mond hing nu open. 'Ik had Rufus al lopen plagen dat Scrooge de perfecte rol voor hem was. Ik mocht die ring niet van hem hebben. Hij wilde hem verkopen, voor wat hij ervoor kon krijgen. Maar daar ben ik nu wel blij om. Wie wil er nou een ring om die om de vinger van een moordenares heeft gezeten? Ik niet. Nietwaar, Rufus?'

'Dat zal wel. Kom, we moeten gaan. We moeten op tijd zijn voor de openingsceremonie. Hoewel we beter nog een keer zouden kunnen repeteren. Dat stuk is nog helemaal niet goed genoeg om al door het publiek te worden gezien.'

'Ja, ik begrijp dat u er vandoor wilt,' reageerde Regan vlug. 'Maar wilt u alstublieft nog even naar deze foto kijken? Het is Duncans vriendin en ze wordt sinds vanmorgen vermist. Heeft u haar misschien ergens gezien vandaag?'

'Nee,' zei Rufus bot, na een blik op de foto te hebben geworpen.

Agatha kneep haar ogen samen en bestudeerde de foto. Haar mond viel nóg verder open. 'Ohhh. Ohhhh. Wacht even. Ohhh. Ja. Ik heb haar gezien.'

'Waar?' riepen Alvirah en Regan allebei in koor uit.

'Dat arme meiske liep te huilen. Ik kwam haar tegen in de hoofdstraat. Ik ging de ene kant op en zij de tegenovergestelde. Ik kwam net van de schoonheidsspecialiste.'

'Hebt u gezien waar ze heen ging?' vroeg Alvirah.

'Ja, ik draaide me om, om te kijken of ik haar kon helpen. Ze leek zo van streek. Maar ze schoot een zijstraat in. Al zou ik hebben gewild, ik had haar niet bij kunnen houden. En bovendien zegt Rufus altijd dat ik me met mijn eigen zaken moet bemoeien.'

'Welk straatje precies?' vroeg Regan.

'Tussen de supermarkt en de schoonheidsspecialiste. Je kunt het niet missen. Er is er maar één.'

'Ontzettend bedankt,' zei Regan.

Alvirah haastte zich al naar de deur.

Hoofdstuk 38

Warm aangekleed in trui, lange broek, moonboots en een donsjack, deed Marion de deur van de supermarkt open en keek rond of ze Sam ergens zag. Het was erg druk met klanten die op het laatste moment kwamen. Marion werd aan alle kanten met glimlachjes en felicitaties begroet.

'Als je op zoek bent naar meneer Conklin, die is in de keuken,' riep Paige, de caissière, haar toe. 'Glenda was hier een tijdje geleden ook al. Heb je het gehoord, van Duncans vriendin?'

'Ja, daarom ben ik hier. Ik wil haar foto aan de klanten laten zien als ze binnenkomen, maar ik wil eerst tegen meneer Conklin zeggen wat ik van plan ben.'

Marion liep langs de bakkerij en schrok, toen ze zag dat alle planken bijna leeg waren. Lisa, het meisje dat haar altijd hielp achter de toonbank, zag er doodvermoeid uit. Ze rekende net twee maïsmuffins en een appeltaartje af.

De klant die haar hand uitstak om het pakje aan te nemen, een jonge vrouw van ergens in de twintig, droeg een brede gouden trouwring. Marion bleef er even naar staan staren. Hier heb ik die bloemvormige ring gezien, herinnerde ze zich opeens opgewonden. Toen ik iemand haar aankopen aangaf. Maar wie? Misschien schiet het me straks nog te binnen.

In de keuken zag Marion tot haar verbazing Sams zoon, Richard, bezig met het snijden van een ham. Marion kende hem al van kleins af aan. 'Marion,' begroette hij haar blij. 'Heb je nou al je geld er al doorheen gejaagd?' Hij kwam vlug naar haar toe lopen.

'Richard,' zei ze, terwijl ze elkaar omhelsden. 'Wat zie je er goed uit. Ik was echt van plan om naar je toneelstuk te komen.'

'Geen probleem. Kom maar naar het volgende, samen met pap. Ik denk dat je wel hebt gehoord dat hij weer alleen is.'

'Ja,' zei Marion blozend, toen ze zag dat Sam zich naar hen omdraaide. Hij kwam naar haar toe en pakte haar handen in de zijne. Hij zag er moe uit. 'Marion, het is hier niet meer hetzelfde zonder jou,' zei hij hartelijk. 'Ik heb al tegen Glenda gezegd dat jullie bonuscheques klaarliggen.'

'Sam, maak je daar alsjeblieft geen zorgen over,' zei Marion. 'Ik vroeg me af of je het erg zou vinden als ik bij de voordeur ga staan en iedereen een foto van Duncans vriendin laat zien. Ze is nog niet gesignaleerd en Duncan is helemaal uit zijn doen.'

'Natuurlijk niet,' reageerde Sam, met haar handen nog steeds in de zijne. 'Blijf zolang je wilt.'

Marion posteerde zichzelf bij de ingang van Conklin. Terwijl ze Flowers foto uitdeelde, bleef die bloemenring door haar hoofd spelen en hoe ze die aan iemands hand had gezien, achter de toonbank van de bakkerij. Denk na, Marion, spoorde ze zichzelf aan. Dit kan heel belangrijk zijn. Ze dacht terug aan vroeger, toen ze klein was en altijd heel zenuwachtig was als ze een beurt kreeg in de klas. Dan was alles opeens weg uit haar hoofd. Maar mevrouw Griner had altijd heel begrijpend gedaan: 'Marion, je weet het wel. Gun jezelf gewoon even de tijd om na te denken en dan komt het vanzelf.'

En zo was het ook altijd gegaan. Maar nu schiet het me maar niet te binnen. Het zal de leeftijd wel zijn. En ik heb toch zo veel kruiswoordpuzzels gedaan om mijn hersens scherp te houden, dacht ze teleurgesteld.

Ik móét me herinneren wie die ring droeg!

Hoofdstuk 39

'We volgen haar spoor,' zei Jack gehaast. 'Ik haal de auto alvast.'

'Flower huilde. O, god!' kreunde Duncan, terwijl hij zich met moeite de trap op hees die van de ondergrondse gewelven van de kerk naar buiten liep.

'De hoofdstraat is nu afgesloten,' zei Glenda, terwijl ze in de auto stapten. 'Dat zijstraatje komt uit op een klein laantje. Het hotelletje dat ik heb gebeld, Het Schuilhoekje, ligt daar. Maar de eigenaresse zei dat Flower niet had ingecheckt.'

Regan en Alvirah keken elkaar aan. 'Laten we daar meteen maar naartoe gaan,' stelde Regan voor. 'Misschien heeft ze wel onder een andere naam ingecheckt.'

'Denk je dat dat een mogelijkheid is?' vroeg Duncan hoopvol. 'De eigenaars van dat hotelletje, Betty en Jed Elkins, zijn vaste klant bij Conklins supermarkt.'

'Het is het proberen waard,' zei Regan. 'We beginnen daar.'

Jack reed voorzichtig, volgens de aanwijzingen van Glenda, door de besneeuwde straten.

'Mensen vinden het leuk om thee te gaan drinken in Het Schuilhoekje,' zei ze. 'We zijn er bijna. De volgende rechts.'

Ze reden een smal straatje in. Links van hen was een hoge heg. 'Achter die heg ligt de parkeerplaats, achter de winkels. Daar links is het laantje,' vertelde Glenda. 'Het ligt bijna recht tegenover Het Schuilhoekje.'

Jack parkeerde de auto recht voor het hotelletje. 'Glenda, jij kent het hier. Zullen wij samen het laantje checken?'

'Alvirah en ik gaan snel naar binnen om te kijken wat we daar uit kunnen vinden,' zei Regan.

'Ik ga mee,' drong Duncan aan.

'Duncan, we zijn veel sneller als je hier blijft wachten. Moet je al die treden naar de voordeur alleen al zien. Blijf jij nou hier zitten en hou je telefoon paraat, voor het geval die tante van de Winthrops terugbelt,' opperde Regan.

'Oké, Regan,' zei Duncan, terwijl hij moedeloos achterover in zijn stoel leunde.

Hoofdstuk 40

Flower lag tussen Woodrow en Edmund ingeklemd achter in Jeds busje. Samen hadden Betty en Jed hen alle drie, in dekens gewikkeld, uit het schuurtje gedragen. Flowers prop zat zo strak in haar mond, dat ze echt geen geluid kon uitbrengen, maar de beide mannen deden wanhopig hun best om hulp te roepen. Maar het enige geluid dat eruit kwam was een soort gedempt gejammer, dat niemand buiten het busje ooit zou kunnen horen.

Ik zal Duncan nu nooit meer zien, dacht Flower.

'Schiet op, Betty,' zei Jed ongeduldig.

'Ik moet nog een briefje op de balie neerleggen dat we naar de openingsceremonie zijn en later weer paraat zijn.'

'Heb je dat nog niet gedaan dan?'

'Nee, Jed. Ik had het veel te druk met het lakken van mijn nagels,' reageerde ze kattig. 'Ga in de auto zitten, ik ben zo terug.' Ze liep door de achterdeur de keuken in en hoorde tegelijkertijd de bel en het openen van de voordeur.

O, nee, dacht ze. Maar gelukkig heb ik dat briefje nog niet neergelegd. Ik wil niet dat iemand ziet dat we hier wegrijden.

'Het voelt hier verlaten,' zei Regan, terwijl ze bij de incheckbalie stonden te wachten. Toen hoorden ze zware voetstappen naderen door de gang. Een gezette vrouw kwam op hen aflopen, met een verwelkomende glimlach op haar gezicht.

'Hallo. Wat kan ik voor deze aardige dames betekenen?'
'Bent u Betty Elkins?' vroeg Regan.
'Ja.'
Regan gaf haar het papier met daarop de foto van Flower. 'We hebben u al eerder op de dag gebeld,' zei ze. 'Over deze jonge vrouw, Flower Bradley, die nog altijd wordt vermist. We vroegen ons af of ze misschien onder een andere naam heeft ingecheckt hier.'

Betty deed net of ze Flowers foto aandachtig bestudeerde. 'Het spijt me vreselijk dat ik u niet kan helpen, maar ik heb haar echt niet gezien. En ik heb Glenda al verteld, toen ze belde, dat we al wekenlang vol zijn geboekt. Het was helemaal niet mogelijk om vanmorgen gewoon hier binnen te lopen en een kamer te boeken.' Met een vriendelijke glimlach gaf ze de foto weer terug aan Regan. 'Wat vervelend. Ze lijkt me een aardig meisje. Ik hoop dat er niets aan de hand is met haar.'

Het viel Regan op dat Betty Elkins transpireerde en een beetje buiten adem was. 'Zou u deze foto hier willen houden om aan uw gasten te laten zien?'

'Ja, vanzelfsprekend.'

Maar zowel Regan als Alvirah had het gevoel dat ze nog niet weg konden. Ze merkten allebei dat Betty Elkins zenuwachtig was en iets probeerde te verbergen. Ik heb nog nooit iemand meer gemaakt zien lachen dan zij, dacht Alvirah.

'Ik heb gehoord dat je hier zo heerlijk thee kunt drinken,' zei Regan, om tijd te rekken.

'U moet eens komen. Ik ben er trots op dat mijn scones heerlijk worden gevonden en er is me ook verteld dat mijn chocoladecake zalig is. Maar als u me nu wilt excuseren, ik heb iets op het fornuis staan.'

Alvirah kon Bridget O'Keefes stem bijna hóren: '... ze had een rond gezicht, met een gemaakte glimlach erop geplakt. En ze zat altijd met haar hoofd in de oven, koekjes en cakes aan het bakken... Het meeste ervan at ze zelf...' Alvirah keek van Betty's ronde gezicht naar de mechanisch wuivende en buigende Kerstman op de receptiebalie. Bridget O'Keefe zei vaak tegen me dat ik haar mechanische Kerstman waarschijnlijk per ongeluk had weggegooid. En dan zei ik altijd dat ze hem op een dag op een onverwachte plek weer tegen zou komen. 'Wat een schattige Kerstman,' begon Alvirah. 'Ik heb een vriendin gehad, Kitty Whelan, die altijd op bezoek kwam bij de mevrouw voor wie ik werkte...'

Alvirah zag een zenuwtrekje in Betty's gezicht toen die haar onderbrak: 'Het spijt me,' zei Betty. 'Maar ik moet echt terug naar de keuken. En daarna wil ik graag naar het park, naar de openingsceremonie.'

'Hartelijk dank voor uw tijd,' zei Regan. En terwijl Alvirah en zij zich tegen hun zin omdraaiden om te vertrekken, kwam Glenda plotseling, met grote ogen van opwinding, door de voordeur binnenstormen.

'Marion heeft me net gebeld! Betty, misschien kun je ons helpen. Marion herinnert zich dat ze jou eens heeft gezien met een bloemvormige ring om je vinger. Natuurlijk wist je niet dat die gestolen was. Ik bedoel, als het dezelfde is als de ring die Duncan heeft gekocht...'

Alvirah keek vlug naar Betty. Hun ogen ontmoetten elkaar. Het glimlachende masker was opeens verdwenen. Er stond nu een boosaardige woede op Betty's gezicht te lezen. In één snelle beweging gooide Betty de balie in hun richting omver. En met een verbazende snelheid rende ze de gang door.

'Jij hebt Kitty Whelan vermoord!' riep Alvirah haar achterna.

Regan klom over de omgevallen balie en rende de gang door, met Alvirah maar een paar stappen achter haar. Toen ze in de keuken kwamen, was die verlaten, maar de achterdeur stond open. Ze hoorden het geluid van een auto die vol gas de oprit afreed.

Alvirahs blik werd getrokken door de in elkaar gefrommelde

rood-groene snoeppapiertjes op het aanrecht. Het was hetzelfde papier als om de snoepjes had gezeten die Willy voor haar had gekocht in de krantenwinkel langs de weg. De krantenwinkel waar het andere winnende lot was gekocht door die oplichters. Die oude vent in de winkel had nog gezegd dat hij die chocolaatjes bijna niet had verkocht. 'Regan!' riep ze, terwijl ze de snoeppapiertjes oppakte. 'Die financieel adviseurs, van wie we denken dat ze Flower hebben, zijn misschien wel hier geweest. Misschien zitten ze wel samen met Betty in een complot!'

Ze renden de hal door, de voordeur uit. Glenda was de straat al overgestoken om Jack in het laantje te waarschuwen.

'In de auto,' schreeuwde hij. 'We mogen ze niet kwijtraken!'

Hoofdstuk 41

'Wat is er verdomme aan de hand, Betty?' schreeuwde Jed, terwijl hij het gaspedaal tot de bodem toe intrapte, de oprit af scheurde en langs Jacks auto reed. 'Toen ik op je stond te wachten, hoorde ik een vent Flowers naam roepen.'

'O'Keefes schoonmaakster heeft me herkend.'

'Wát?' Met onverantwoordelijke snelheid schoot hij de bocht aan het eind van de straat om.

'Welke kant gaan we op?' riep Betty paniekerig, terwijl de banden vervaarlijk slipten. 'Ze achtervolgen ons.'

'Hou je kop. Ik heb opgezocht welke wegen er allemaal zijn afgezet en hoe we het snelst naar Devil's Pass komen.'

Half stikkend onder de muffe dekens voelde Flower voor het eerst een heel klein sprankje hoop. Ze hoorde Duncan haar naam roepen. Hij moest in de auto die hen achtervolgde zitten. Alsjeblieft, zorg dat je ons bijhoudt, bad ze.

Edmund wilde maar dat hij die arme Flower kon troosten. Vreemd dat dit hele gedoe was begonnen, omdat Woodrow en hij de loterij hadden gewonnen.

Jed maakte een scherpe bocht naar links. De achterwielen slipten, maar hij hield de auto gelukkig onder controle. 'We volgen deze weg,' zei hij tegen Betty, terwijl hij een blik in de achteruitkijkspiegel wierp. 'Ik denk dat we ze kwijt zijn.'

'Jed, pas op!' gilde ze. De weg maakte een bocht naar rechts en plotseling doemde er een wegafzetting voor hen op. Erachter bleek het een drukte van belang: Kerstmannen vanuit heel New Hampshire hadden zich in door paarden voortgetrokken sledes als bijzondere verrassing voor het Vreugdefestival in Branscombe verzameld. Ze stonden op het punt om naar de openingsceremonie te vertrekken.

Jed stond boven op de remmen. Het bestelbusje tolde drie keer om zijn as en gleed toen naar de kant van de weg. De agenten die de wegafzetting bemanden renden erheen, terwijl Reilly's auto achter het busje stopte.

'Voorzichtig, ze kunnen gewapend zijn,' riep Jack, terwijl hij de auto uit sprong.

Met getrokken pistool omsingelden de agenten het busje. Het portier aan de linkerkant ging open en Jed, zijn handen omhoog, stapte uit. Op hetzelfde moment maakte Betty het portier aan de andere kant open. 'Het pistool ligt in het handschoenenkastje en er liggen mensen achterin,' zei ze bitter.

Jack trok de achterdeur van het busje open. Regan en hij rukten de dekens weg. Er lagen drie mensen, met blinddoeken om, proppen in hun mond en aan handen en voeten gebonden.

'Ze is hier, Duncan,' schreeuwde Regan, terwijl ze de bus in sprong, Flowers blinddoek afrukte en haar toen bevrijdde van de prop in haar mond.

'Flower!' riep Duncan, terwijl hij naar hen toe kwam hobbelen.

Jack tilde Flower uit het busje, zette haar rechtop en ondersteunde haar, terwijl een agent het touw om haar handen en voeten doorsneed.

'O, Duncan,' zei Flower zwakjes. 'Ik wilde je verrassen.'

'Dat is dan goed gelukt,' zei hij met tranen in zijn ogen. Hij liet zijn krukken naast zich neervallen en nam haar in zijn armen.

'Ik dacht dat ik je nooit meer zou zien,' fluisterde Flower, terwijl Duncan haar stevig vasthield. Toen ze zag dat de agenten de twee Winthrops uit het busje haalden, begon ze een beetje zenuwachtig te giechelen. 'Hé, Duncan, daar heb je die twee financieel adviseurs van je. Heb je nog vragen voor hen, nu je de loterij hebt gewonnen?'

Duncan lachte. 'Nee! En ik ga nooit meer een plastic zakje voor de tweede keer gebruiken.' Hij veegde Flowers haar weg van haar voorhoofd. 'En ik heb ook geen adviezen van hen meer nodig om mijn leven verder te plannen. Het enige wat ik nu nog wil is jou. Wil je met me trouwen, Flower?'

'Zo snel mogelijk.'

Alvirah moest een traantje wegpinken. 'Is dat niet prachtig?' zei ze tegen Regan en Jack. 'Ik hoop dat ze ons op de bruiloft uitnodigen.'

De wegversperring werd weggehaald. 'Tijd voor de show,' riep een van de agenten. En terwijl de paarden de sneeuw van hun manen schudden, begon het Vreugdefestival.

Hoofdstuk 42

Zondag, 14 december
Die zondagochtend rook het in de gewelven onder de kerk verleidelijk naar bosbessenpannenkoeken.

Het weekend was een doorslaand succes geweest. Iedereen uit Branscombe had deelgenomen aan het festival – iedereen behalve Betty en Jed natuurlijk. Gearresteerd op beschuldiging van ontvoering met intentie tot moord, zouden zij de komende jaren geen openingsceremonies en pannenkoeken-ontbijtjes meer bijwonen.

Rufus Blackstone had, na afloop van *A Christmas Carol*, drie keer terug het toneel op gemoeten, om een daverend applaus in ontvangst te nemen. En Nora's verhalenuurtje was razend druk geweest. Iedereen had moeten staan, want niet alleen de kinderen waren gekomen, maar ook degenen die zich in hun hart nog kind vóélden. De loterijwinnaars hadden met z'n allen een handje geholpen bij de catering in Conklins supermarkt. Sam en Marion hadden het hele weekend samengewerkt.

Aan de tafel waar Alvirah en Willy, Regan en Jack, Nora en Luke, Muffy en Steve, Duncan en Flower en Duncans collega-loterijwinnaars zaten, was de stemming uitgelaten.

'Ik hoop niet dat de Winthrops al te zwaar worden gestraft,' zei Flower. 'Ze hébben tenslotte geprobeerd mijn leven te redden en dat kostte hun bijna hun éígen leven.'

'Weet je met wie ik medelijden heb?' vroeg Duncan. 'Met

tante Millie! Toen ze hier gisteravond aankwam om dat lot van mij te halen, viel ze bijna flauw op het moment dat ze de agenten in het oog kreeg en hoorde dat haar neefjes in het gevang zaten. En toen ze het krantenwinkeltje moest beschrijven waar ze het lot had gekocht, werd het helemaal een lachertje. Ik wou dat ik toen een camera bij me had gehad.' Hij lachte. 'Ze zei dat het winkeltje in een drukke straat lag en dat ze zich niet kon herinneren of er een benzinepomp bij was of niet. En toen ik het lot aan de agenten gaf, waren die helemaal verbouwereerd. Ik ben benieuwd wat er nu verder mee gaat gebeuren.'

'Dat beslist de rechter,' zei Jack. 'Die twee oplichters waren voorwaardelijk vrij en mochten niet meedoen aan kansspelen. Geen idee wat de gerechtelijke uitspraak zal zijn.'

'Weet je wat ik niet kan geloven? Dat ik die Betty Elkins zo verkeerd heb ingeschat,' zei Glenda, hoofdschuddend. 'Mijn god, wat was ik stom.'

'Glenda, als jij niet zo Het Schuilhoekje was komen binnenstormen,' zei Regan, 'dan waren Betty en Jed met Flower naar dat meer vertrokken en was het misschien wel te laat geweest om hen tegen te houden.'

Duncan kneep even in Flowers hand, keek toen het gezelschap rond en zei: 'Ik kan jullie niet vertellen hoe dankbaar Flower en ik jullie wel niet zijn.' Zijn stem sloeg over van ontroering.

Flower glimlachte hem toe en richtte zich toen tot Alvirah. 'Wat aardig van uw vriendin, mevrouw O'Keefe, om aan te bieden dat wij de ring mochten hebben die Duncan voor me had uitgezocht.'

'Ja, ze meende het echt, maar sprong toch een gat in de lucht toen je haar aanbod niet aannam,' lachte Alvirah.

'Meneer Pettie gaat een heel speciale bloemenring voor ons maken,' zei Duncan. 'Ik was wel heel erg boos toen hij die ring in de etalage had gelegd, maar als hij dat niet had gedaan…'

Hij maakte zijn zin niet af.

'Duncan en ik gaan eind januari trouwen op het eiland St. John,' zei Flower. 'En we zouden jullie allemaal, mét jullie familie, willen uitnodigen om daar dan een lang weekend met ons in het resort door te brengen.'

'We komen zeker!' zei Willy.

'Jazeker, allemaal!' viel Tommy hem bij.

Hoofdstuk 43

Vrijdag, 30 januari
Zes weken later – Duncan was net uit het gips – zat de hele groep heerlijk te zonnebaden op het strand. Het was de dag voor de bruiloft.

Glenda's mobiele telefoon ging. Ze keek op het schermpje wie er belde. 'Het is Harvey,' riep ze wanhopig uit. 'Waarom kan hij me toch niet gewoon met rust laten?' Ze nam op. 'Wat is er nu weer, Harvey?'

'Glenda,' riep hij uit. 'Ik heb net de uitspraak gehoord over het andere lot. De rechter zegt dat het niet geldig is, omdat die oplichters het niet eens hadden mogen kopen.'

'Da's mooi,' reageerde Glenda, 'maar ik moet ophangen.'

'Wacht even! Hij heeft ook bepaald dat er dus maar één winnend lot is. Jullie krijgen de hele jackpot!'

'Alles?' riep Glenda uit.

'Iedereen krijgt vierentwintig miljoen dollar!' Harveys stem brak. 'Glenda, we hebben het toch goed gehad met elkaar... We zijn gewoon een hobbel in de weg tegengekomen, maar...'

'Harvey, dat kún je niet menen! Weet je wat? Ik zal uit jouw naam een donatie doen aan het favoriete goede doel van BUZ.' Ze hing op. De anderen keken haar verwachtingsvol aan. 'De rechter heeft bepaald dat ons lot de hele hoofdprijs krijgt!' gilde ze. 'De hele driehonderdzestig miljoen!'

Het gejuich en geroep was honderden meters verder op het strand te horen. Tommy's moeder sprong op van haar stoel. De dochters van Ralph en Judy renden de golven in en begonnen elkaar nat te spatten. Marion en Sam waren helemaal verbouwereerd. 'Dat zijn heel veel appeltaartjes,' zei Sam. Duncan en Flower glimlachten alleen maar. Een miljoentje of twaalf meer of minder betekende niet meer zo veel voor hen.

Regan, Jack, Nora, Luke, Muffy en Steve keken elkaar alleen maar aan.

'En ik dacht dat ík rijk was!' lachte Nora.

Alvirah leunde naar voren. 'Dit is werkelijk fantastisch! Maar denk er wel aan dat er veel wordt verwacht van mensen die zoveel in hun schoot krijgen geworpen.'

'Alvirah, maak je geen zorgen. We zijn allemaal van plan om aan goede doelen te geven,' verzekerde Ralph haar.

'Goed zo. En nu, nóg meer dan eerst, moet ik erop stáán dat jullie lid worden van mijn Steungroep voor Loterijwinnaars.'

Jack keek Regan met één opgetrokken wenkbrauw aan: 'Nou, dát is nog eens een clubje waar ik ook wel voor gevraagd zou willen worden!'

Dankwoord

En opnieuw is het verhaal verteld en opnieuw hebben we ervan genoten om te schrijven over onze favoriete personages Alvirah en Willy Meehan, Regan en Jack Reilly en hun nieuwe vrienden uit Branscombe.

Het is ons een genoegen en een plezier om degenen die met ons meegingen naar het Vreugdefestival, te bedanken: onze uitgevers, Michael V. Korda en Roz Lippel; onze publiciteitsagent en mededirecteur van het persklaarmaakbureau, Gypsy da Silva, Lisl Cade; boekomslagontwerpster, Jackie Seow; en onze literaire agent, Esther Newberg.

De kerstklokjes tinkelen voor onze familie en vrienden, die er altijd zijn om ons op te vrolijken, vooral 'Buitengewone Echtgenoot' John Conheeney, Irene Clark, Agnes Newton en Nadine Petry.

Wij wensen jullie allen, samen met onze lezers:

Gelukkig kerstfeest